JN103034

一緒に剣の修行をした幼馴染が奴隷になっていたので、Sランク冒険者の僕は彼女を買って守ることにした③

著：笹塔五郎
イラスト：菊田幸一

GCN文庫

contents

プロローグ

英雄、ジグルデ・アーネルドの死――それは、遅からず『ラベイラ帝国』の騎士に伝わった。

彼《か》の者が別の国にて死を迎えることを、陰謀に巻き込まれたとか、任務中の不慮の事故で死んだとか、様々な臆測が飛び交う。

無論、騎士団内部でも動揺が隠せない状況であったが、そんな中でも冷静な騎士達がいた。

――ジグルデが、アイネ・クロシンテを追っていた事実を知っている者達である。

「ヴェウルだけならばまだしも、まさかジグルデまで死ぬとは」

「……故に、我々の出る幕なのでしょう」

二人の騎士がこれから隣国へと向かおうとしている。

男の名はライゼル・ルーラー。ジグルデとは友人関係にあり、弓の名手として知られる英雄の一人。英雄でありながらも――悪魔の力を国のために手に入れようとする、存在だ。

もう一人、女性の名はシアン・マカレフ。かつてはアイネとも任務を同じくした身であり……彼女の『騎士殺し』について偽りの報告をした者の一人でもある。

いずれも帝国内では高い実力を誇る騎士であり、この二人が出向くということはすなわち――帝国側の『本気』を示すものでもあった。

そんな二人を前に、一人の女性が姿を現す。

「ふふっ、帝国の騎士様が二人揃ってご旅行……ではありませんよね？」

「――何者だ」

ライゼルと、シアンが同時に構えを取る。

町中で話しかけられたのならば、警戒をすることはない。

だが、二人が声をかけられたのは――人里から随分と離れた山道。

こんなところで人と出くわすことも珍しいが、それ以上に女性の姿が異様であった。

黒を基調とした修道衣であることから、シスターであると思わせる。

しかし、彼女が背負うのは――棺桶であった。

「そんなに警戒なさらずに」

「背中に棺桶を背負うシスターなど、町でも見かけません。警戒するな、と言う方が無理では？」

シアンがそう言って、彼女の得物である槍をシスターに向けた。

シスターは慌てる様子も見せず、槍を見てにやりと笑みを浮かべる。

「貴女の武器は槍……ですか」

「おい、俺は何者だと聞いたのだ」

「答えなさい。私達に何の用があるのですか？」

「せっかちな方達ですね。ですが、そうですね。どうせこうして武器を構えた以上――まずは戦ってしまうのが早いのではないでしょうか」

「なに――」

瞬間、シスターが動き出した。

背負った棺桶を地面に置くと、ズンッという衝撃が周囲に響く。

同時に、棺桶の蓋が開き――中から現れたのは、目を瞑《つむ》る女性であった。

「……女？　死体――いや、まさか『死霊使い』か」

「ふふっ、残念ながら、この子は生きています。そして、この子の役目は戦うことではありません」

言うが早いか、シスターは棺桶の隣に立つと、女性に手を伸ばす。

女性の胸元に触れると――ぐいっとシスターの手が女性の中に入り込み、一本の『槍』

を取り出した。

刀身から柄に至るまで漆黒。形はシンプルだが、槍は明らかに異質な存在であった。

シアンが、その槍を見て気付く。

「！　女性の中から槍……？　まさか！」

「わたくしの得物も同じく槍でして。せっかくですから、『槍使い』同士で話をすることにしましょう。そちらの男性には、まずは死んでいただこうかと」

「……！」

ライゼルとシアンが構える。

だが、突然にライゼルは脱力するようにその場に膝を突いた。

「な……？」

「何をしているのですっ！」

「戦いにおける一瞬の『怠惰《たいだ》』……それが、死を招くのですよ。まずは一人、いただきます」

ぐんっと伸びた槍が、ライゼルの胸を貫く。

血反吐《ちへど》をまき散らし、その場に倒れ伏したライゼルは動かなくなった。——もう一人の英雄は、呆気なくこの世を去ったのだ。

「っ！」

シアンが槍を構え、シスターとの距離を取る。

ずるりと槍を抜き去り、微笑みを見せたシスターはゆっくりとシアンに視線を送る。

「ああ、ところでわたくしの目的を話していませんでしたね。目的はとてもシンプルです——貴女達が狙う物と、わたくしが追う物が同じなもので、つまりは、死んでもらった方が都合がいいというお話です」

血に濡れた槍の先端を向け、シスター——ルリエ・ハーヴェルトはそう言い放った。

第一章

山の方を見れば、湯気があちこちから立ち込めている――それが、『リディン』の町であった。山間にあるため、整備はされているが、道は結構な勾配《こうばい》がある。

僕はアイネと共に、そんな町を訪れていた。

辺境の地にあるが、人が少ないというわけではない。

いわゆる観光地とも呼べるところで、王国内では温泉が有名であった。

僕は仕事で来たことがあり、山奥の方に行くと源泉の熱気が結構強い。

けれど、今回は仕事でここにやってきたわけではない……アイネと共に、身体を休めに来たのだ。

「ふぅん、ここが温泉町ってところ？」

「だね。色んな種類の温泉があって、宿に隣接しているよ」

「前はどこに泊まったの？」

「入口付近の宿だったかな。温泉目的ではなかったから、仕事が終わったらすぐに帰ったよ」

「あんた、そういうところあるわよね……」

何故かアイネは、ジト目で僕のことを見てくる。別に悪いことは言っていないはずだけれど……。

「それだとオススメの宿とかも分からないじゃない」

「一先ずどこか適当に宿に入ってみればいいと思うんだけど」

「適当って、せっかく来たのに適当は何か嫌」

ふいっと顔を逸らして、そんなことを言うアイネ。彼女の言いたいことも分からなくはない。

僕はあまり気にしないが、確かに『せっかく来た』のなら、良いところを探してみてもいいかもしれない。

「それじゃあ、町中を見ながら探して見ようか。大きいところなら色々温泉もあるだろうし、そういう宿を見ていこう。宿じゃなくても、入れるところもあるみたいだし」

「……そうね。一先ず歩いてみましょ」

アイネも納得してくれたようで、僕は彼女と共に町中を歩き始める。――観光地というだけあって、色々なところから人がやってくる。主に国内の人間を中心としているが、当然他国の人間もいるだろう。

けれど、やってくるのは王族や貴族……それに冒険者などが中心だ。

この付近で暮らす人もやってくるが、遠方からやってくるのは比較的生活が安定している者が多い。

一応、帝国側の人間がいないかも警戒はするけれど、位置としては帝国とは反対側にある場所だ。

それこそ、ここまですぐに追って来られるとも思えない。

「出店とかも結構あるのね」

「そうだね。何か食べる？」

「私は別にお腹空いてな――」

くぅ、と小さな音が耳に届いた。

そのまま言い切ればよかったものを、言葉を止めるから逆に目立ってしまう。

「アイネ」

「ち、ちが……違うわよ!?　私じゃなくて、たぶん通りすがりの人！　私のお腹が鳴ったわけじゃないのっ」

「別にそこまで聞いてないよ」

「……っ、と、とにかく、先に宿を探した方が休めるでしょ。そっちを優先しましょう」

どうやら、アイネは先に宿を見つけたいようだ。

彼女が休みたい、というよりは、僕のことを気遣っている——それは、よく伝わってきた。

まだ退院してわずか数日……自由に動き回れるというほど健康体ではない。

けれど、歩き回るくらいなら問題なくできる。

「僕は少しお腹空いたし、何か食べたいと思うんだけど……付き合ってくれないかな」

「……それ、本当に？」

「実際、朝食を食べたのも結構早い時間だろう。せっかく歩き回るなら、何か食べながらでもいいと思うんだけれど」

「……リュノアがそう言うのなら、そうね。そうしましょう」

アイネが頷《うなず》いて答える。

一先ずは宿を探しつつ、ついでに昼食を摂るという形だ。

「それで、オススメはないってことでいいわね？」

「まだ何も言ってないよ」

「温泉にも入らないのに食べ歩きなんてしないでしょ」

「……まあ、否定はしないけれど」

「少しは楽しむ気持ちを持ちなさいよ！」

「アイネだってそういうの、あまり興味を持たないじゃないか」

「うっ、それは……」

僕に指摘されて、アイネもばつが悪そうな表情をする。

彼女も、趣味といえば剣の修行ぐらいで、かなりストイックな性格なのだ。騎士をしていた時なんて、それこそ僕以上に遊んでいなかったかもしれない。

「……い、いいわ。ここは私が案内してあげるっ」

「え、案内って、アイネはここに来たことがないだろう」

「大丈夫よ。私だって仕事で観光地くらい来たことがあるわ。こういうところはね、攻略法があるのよっ」

アイネが自信ありげに言い放つ。

温泉町の攻略法とは何なのか――興味がないわけではないが、今のアイネに策がないことは、僕にも理解できた。

けれど、アイネが言うので、僕は黙って彼女についていく。それからしばらくして、

「えっと、次は……」

アイネが周囲を見渡しながら、呟《つぶや》くように言った。彼女が案内すると言うので任せたが、当たり前のように道に迷ってしまった。

まあ、来たことのない町である以上は仕方ないし、僕も色々見るついでにアイネの行きたいところにいければいいか、と考えていたけれど。

一応、歩きながら串焼きやら饅頭《まんじゅう》やらを食べて、空腹については解消されている。けれど、先ほどまでは結構あった人通りはなく、路地裏のような場所に僕達はいた。

あまり人混みを好まないアイネに任せたら、人のいないところに進むのもあり得ない話ではない。ただ、僕も人混みは苦手だから丁度いいと思ってしまった。

「アイネ、この辺りで一旦宿を決めようか」

「え、でも……」

「いいじゃないか。ずっとそこにいるわけじゃないんだし、気に入らないなら変えよう。ほら、この先にある結構大きめな建物、あれは宿じゃないか？」

「！　本当ね……。こんなところにあるなんて」

周囲の建物に比べると、明らかに大きい。表現するならば、屋敷とでも言うべきだろうか。

アイネは建物を見て、確信したように頷く。

「辺境の地の中でさらに辺境……こういうところに秘湯があるのよっ」

「秘湯？」

「そうよ。温泉と言えば効能。効能と言えば秘湯――つまり、隠された温泉ほど強い効能があると言えるわ」

「その秘湯がその宿にあるって？　普通の宿にあるなら秘湯とも呼ばないと思うんだけれど……」

「うぐっ、そ、それは確かめてみないと、分からないわ」

どうやら案内すると言った手前、アイネは引くに引けない状態になってしまっているようだ。

別に僕は温泉に対してこだわりがあるわけじゃないし、これならアイネに合わせてその宿でもよさそうだ。

「そうだね。確かめてみないと分からないし、一先ず行ってみようか」

僕はアイネと共に、宿の方へと向かう。

宿は『隠れ屋』という名前の看板を立てている。名前からして『隠れている』雰囲気も漂わせているが、宿としては小綺麗にしているように見える。

入口から入ると、すぐに受付が見えた。

受付にいる男は暖簾《のれん》で顔を隠していて、表情を窺うことはできない。こういう宿もあるのか。

アイネは一瞬怯んだような表情を見せたが、すぐに意を決したように向かう。

「ようこそ、いらっしゃいませ」

「……部屋を借りたいんだけれど」

「承知しました。宿泊と休憩、どちらをご要望ですか？」

「きゅ、休憩……？　そんなのがあるの？」

「はい、休憩ですと時間制になります」

「へえ、初めて聞いたね。時間単位で借りられるなんて。温泉はあるんだよね？」

「お部屋に室内風呂と露天風呂がございます」

「二種類……？」

男の言葉を聞いて、アイネが眉を顰《ひそ》めた。宿の大きさに対して湯の種類は少ないように感じるが、部屋に露天風呂まで備え付けてあるというのは珍しい。

純粋に宿に少し興味を持った。

「せっかくなら一泊くらいしてもいいんじゃないか？　試しでもいいって話だろう」

「まあ、それもそうね。じゃあ、一泊でお願いできる？」

「承知しました」

手早い動きで、男は部屋番号の書かれた鍵を差し出してくる。他の宿に比べても安い値段で宿泊できて、少し驚いた。

早速、二人で部屋へと向かう。

「……何て言うか、宿って言う割には人が全然いないわね」

「確かに。受付に一人いただけかな？　他の客の姿もないし。みんな部屋にいるのかな」

「……今更だけど、少し不安になってきたわ」

アイネが怪訝《けげん》そうな表情で呟く。

「大丈夫だよ。何かあれば、宿を出ればいいだけの話だから」

「そ、それはダメよ。一泊のお金は払ってるんだから、今日はここに泊まりましょ」

そう話しているうちに、番号の書かれた部屋まで辿り着く。

部屋には最初から鍵がかかっていた。鍵を開けて部屋に入ると――先ほどまでの心配を吹き飛ばすかのように、綺麗な部屋が待ち構えていた。

「！　驚いたな、部屋はすごく綺麗じゃないか」

「本当ね。ベッドも大きいし――って、一つしかない……？」

アイネはすぐに、そんな違和感に気付いた。

すんなり案内されたから特に気にしなかったけれど、思えば部屋を二つ用意するかも聞かれていない。

そのまま通らせたからベッドも二つあるのかと思ったけれど、部屋には一つしかないのだ。

「ベッドが広ければ特別困るようなことはないと思うけど。前の宿に比べたら寝るのには困らないし」

「！　そ、そうね。……一緒に寝るのは、問題ないわね」

僕の言葉にアイネは頷く。

一先ずは落ち着けそうな部屋でよかった。

アイネは早速、露天風呂を確認しに向かう。

荷物を置いて、僕はソファに腰かける。

目の前のテーブルに視線を向けると、そこには料理の注文表が置かれていた。

「へえ、料理は部屋まで運んでもらえるのか。安い割にはすごいな――ん？」

料理表を見ていると、視界に何やら見慣れないものがあった。

棚の中に並べられているが、奇妙な形をしている。

「……？　何だろう」

僕は立ち上がって確認に向かう。

棚を開けて、いくつか置いてあった道具を手に取った。

「これは……『魔道具』か？　どうして宿に魔道具が……」

動力源に『魔石』が使われているから、魔道具であることには間違いない。

しかし、奇妙な形をしている上に、使用用途がどれも不明だ。

試しに動かしてみると、ただぶるぶると震える動きしか見せない。

「リュノア！　露天風呂、結構いい感じだったわよ」

「そうか。ちなみに僕は変な物を見つけた」

「……？　変な物って、その手に持ってる――っ!?」

「アイネ？」

何故か僕の手元を見て、アイネが急に顔を真っ赤にしたのだった。

＊＊＊

露天風呂を確認して部屋に戻ると、リュノアが真面目な表情で『いかがわしい物』を手に持っていた――そんな状況に、アイネは思わず動揺した。

アイネには、リュノアの持っている物が何なのか分かってしまった。

実際に使ったことはないが……騎士の仕事で一度、そういう物を取り扱っている店に踏み込んだことがある。

その道具に違法性があったというわけではないが、アイネも色々と調査に立ち会った。

早い話、リュノアが手に持っている物は『魔道具』であり、使用用途は『女性にえっちなことをする』である。

だが、リュノアの様子を見る限り、彼はそれを理解していない。

そして、アイネだけが理解してしまうことがあった。

ここは普通の宿ではなく――『えっちなこと』をする目的で宿泊するのだ、と。

「アイネはこれが何なのか知っているのか？」

「へっ!?　そ、それは……」

アイネは言い淀んでしまう。

知っているが、どう説明したらいいのか分からなかった。……というより、アイネの口からとても説明できるものではなかった。

「し、知らないわ……」

だから、アイネは嘘を吐いた。

知っていると言えば——説明するしかなくなってしまうからだ。

「そうか。けれど、どうして宿にこんな物があるんだろう？　見てくれ、ここを押すと震えるようになっているんだ」

そう言って、リュノアが手に持った魔道具をぶるぶると震わせる。

結構音も大きく、それだけ効果も激しい物であると、アイネは想像した。……想像してしまって、少し変な気分になる。

だが、事もあろうに——リュノアはそれを持って、アイネの下へと歩み寄ってきた。

「ちょ……それ近づけないで！」

「そんなに怖がる必要はないよ。ただ震えるだけで、特別な効果とかはないみたいだ。他にも色々とあって、小さい石ころみたいなのも震えるだけなんだけど……」

「い、いいからそれはもう片付けてっ」

「……？　さっきから変だよ、アイネ。やっぱりこれが何なのか知ってるのか？」

リュノアが怪訝そうな表情で尋ねてくる。

一瞬、分かっていて聞いているのではないかと思った。

何せ、リュノアは特にアイネに対していじわるなところがある。

アイネでも知っているくらいなのだから、リュノアだって見たことがあってもおかしくはない。

　分かっていてアイネに言わせようとしているのだとしたら……。

（いえ、こんな風に迫ってくるなんておかしいわ。きっとそうよ……そういうことなら、私にも考えがあるわ）


　ふぅ、とアイネは小さく息を吐き、意を決した表情で言い放つ。

「あ、あんたこそ、それが何なのか知っていて聞いてるんでしょ？」

「え、どうして僕が？」

　きょとんとした表情でアイネの問いかけに首をかしげるリュノア。

　大した演技力だ——けれど、アイネはもう騙《だま》されない。

「私がそれを見て動揺する姿を見たかったのかもしれないけれど、もう分かったわ。そんな物向けたって平気よ」

「いや、だから何を言っているんだ」

「だから、あんたが持っているそれは、女の子に『えっちなこと』に使う道具で、それが分かってて私に向けてるんでしょ！　私が恥ずかしがると思って……でも、もう効かないわ！」

アイネははっきりとリュノアに言ってのけた。

そうでもなければ、彼の行動は説明がつかない――そう思っていた。

しかし、現実はアイネがリュノアに魔道具を見せつけられた時点で、延々と動揺したままであった。

確証も何もないのに、リュノアに対して言い放ってしまったのが証拠である。

リュノアはアイネの言葉を聞いて、理解したように頷く。

「……なるほど、これはそういう道具なのか。だから震えるだけなんだね」

「……？　え、何その反応。あ、あんたも知ってたんでしょ!?」

「いや、今のアイネの言葉を聞いて、色々と理解したよ。君が分かってて惚《とぼ》けた理由もね。

確かに、そういう物なら君に対して聞くのは軽率だった――ごめん」

「え、えっと、大丈夫だけど……」

あまりにリュノアが素直に謝罪をするので、アイネもそれを受け入れる。

受け入れて、だんだんとアイネも状況を理解してきた。――一人で勝手に思い込んで、
墓穴を掘ったのはアイネの方だと。

「――っ！　あ、や、違うの！　私がそれを知っていたのは、仕事で見たからっ！」

「仕事で……？」

「あっ！　変な勘違いしないでよ!?　騎士の仕事！　変な仕事じゃないわよ！」

「いや、別にアイネを変に疑ったりはしていないよ。女性が使う物なら、確かに僕が知らないわけだ」

「わ、私は使ったことないわよっ!?」

「そうなのか」

「そうよ！　私がそんな物を使うはずがないわ。第一、ただ震えるだけの物なんて、意味のない代物だもの」

「なるほど」

アイネの言葉に、リュノアが頷いた。

少し焦ったが、どうにかいい具合に話を終えることができそうだ。

これなら、隠さずに話した方が、よっぽど恥ずかしい思いをせずに済んだかもしれないが。

「そう言うなら、試しに使ってみようか」

「……は？　な、何でよ」

「意味のない代物かどうか確かめてみたい」

終わったかと思えば、リュノアがそんな提案を仕掛けてきた。

（――何でこんなことしないといけないのよ……）

心の中でそう思いながらも、アイネはリュノアの提案を受けて、宿屋にある魔道具を試すことになった。

エロいことをする目的というよりは、魔道具が実際に効果のあるものか知りたいらしい。

アイネが意味のない物と言った手前、もしも効くようであれば――『性属の首輪』による発情にも使える可能性がある……そういう風に考えたようだ。どこまでも真面目な男だ、とアイネは呆れると共に、秘部に当たる『それ』にただ違和感を覚えていた。

「小型だから下着で固定できるんだね。すごいな」

素直に感心した様子のリュノアだが、その対象はアイネの下着の中にある小さな魔道具だ。

アイネの秘部にピッタリと張り付いた、小石のような魔道具。

リュノアが持つ魔道具に繋がっているようで、ボタンを押すと震える仕組みらしい。

アイネは思わず、息を呑む。実際に試したことなどないが、小さな魔道具でもブルブルと震える音が耳に届くくらいだ。

――やはり、それなりに強いのではないだろうか。

（まあ、でも……少しして効かないって言えば終わるでしょ）

アイネは楽観視していた。

リュノアが興味を持つのも最初だけで、ましてやアイネの身体に負担になるようなことをする男ではない。

故に、しばらく試せば終わるだろう、と。

「じゃあ、早速やってみようか」

リュノアがそう言って、ボタンを押す——すると早速、小さな刺激は秘部を刺激した。

「んっ」

思わず小さな声が漏れるが、少し驚いたから漏れただけだ。

その刺激はそこまで強いものではなく、アイネも思わず拍子抜けしてしまう。

(あれ、意外とたいしたことないのね……？)

見た目的にはかなり震えていたように見えたが、秘部に対する刺激は微弱だ。

これならば、結構長い時間でも耐えられる気がする——アイネはそんな感想を抱いた。

「どうかな？　魔道具の具合は」

「……何か変な感じはするけれど、やっぱり私の思ったとおりね。全然問題ないわ」

「そうなんだ。やっぱり、震えるだけだと単調なのかもしれないね」

真面目な表情で考察するようなことを言うリュノアに、アイネは思わず苦笑いを浮かべる。——こういう少しズレたところが、リュノアにはあった。

そもそも、『えっちなことをする道具』を幼馴染に試すなんて。そう考えもしたが、少なくともリュノアはアイネにそれを試しても問題ないと考えている。

自然と頼めるくらいなのだから——リュノアとの距離がどんどん近づいている気がした。

(……こんなことで気付きたくはなかったけど)

まさか、えっちな魔道具を使われて気付くとは思いもしないことであった。

アイネは小さくため息を吐いて、そのままベッドに横になる。

「これならお昼寝もできるくらいよ。このまま、少し寝てもいいかしら?」

「ああ、別に構わないよ。時間を置いたら効果が出るかもしれないし」

「時間をかけたって、こんな単調な刺激じゃどうにもならないわよ」

アイネは強気に言い放つ。

ただ——少しだけ違和感が強くなっているような感覚はあった。

嫌だ、という程ではないけれど……何か少しずつ秘部を刺激する魔道具の震えを、意識してしまうような感覚。横になったのは、少し失敗だったかもしれない。

(……まあ、あと十分もすれば『意味ない』って言って終わりね)

そんなことをアイネは考えて、自然と身じろぎが増えていることには、まだ気付いていていなかった。

——どれくらい時間が経っただろう。

「っ、ふっ、ぅ」

時折、我慢していても声が漏れてしまう。

アイネは徐々に高まってきた快感に耐えるようにして、ただ枕を抱えて顔を隠していた。

——どうしてこんなことになってしまったのだろう。

確かにアイネ自身、身体が感じやすくなってしまっていることは、よく分かっている。

『性属の首輪』の影響なのかもしれないが、リュノアの指によって簡単にイカされるくらいには、敏感になってしまっているのだ。

けれど、さっきまで感じていたのは微弱な刺激だ。

ちょっとくすぐったいくらいで、およそ強さなども感じないもの。

慣れてくるだろうと思っていたのに、むしろその逆。同じ刺激は、まるでアイネの快感のレベルを押し上げるかのように続いていた。

「ふぅ、あっ——！」

思わず声が大きく漏れてしまい、アイネはちらりとリュノアの方を確認する。

当の本人は、他の魔道具を確認しているようだった。

アイネの様子を見ていないところを見ると、やはりリュノア自身も何か知っていてアイネに仕掛けているわけではないらしい。

ここで素直に、アイネが魔道具に十分意味があると認めれば何も問題はないのだが——アイネは、そういう素直な性格をしていない。

自ら言った以上、意味がないことを立証してしまおうとするタイプだ。

そして、アイネも色んな気持ちが入り交じっていた。

こんなものは効かないと証明したい気持ち。

ずっとこんな刺激が続くだけで、感じてしまっているという焦り。このまま続いたら、どうなるのだろうという期待感。魔道具によって、アイネはすっかり興奮状態にさせられてしまっていたのだ。

（まだ、今日は発情もしてない、のに……っ）

どうしてこんな気持ちになってしまうのだろう、とアイネはただ自問を繰り返す。

もちろん、誰も答えてくれるはずもなく——ただ、そんなアイネの思考を邪魔するように、微弱な刺激が延々と送り込まれる。

強く内股を締めていないと、大きく身体が反応してしまいそうだった。快感に負けまいと、力強く枕を抱きしめて――ただ、耐える。

（そう、だ。十分……耐えれば、いいだけなんだから）

それは、アイネが自ら考えた時間。

そこまで経っても『意味がない』と言い切ることができたら、リュノアだって認めるだろう。

（だから、もう少し……もう少しだけ――）

「ふっ、ふっ、ふぅ……！」

呼吸が荒くなり、どんどん下腹部が切なくなっていくような、そんな感覚。落ち着いて話せば、リュノアに感じていることもバレずに言えるだろうか。

「リュ、リュノア……」

か細い声で、アイネはリュノアを呼ぶ。その声に気付いて、リュノアもアイネの方を見た。

視線が合うと、リュノアは少し怪訝そうな表情を見せる。

「アイネ、大丈夫なのか？　顔がかなり赤くなっているようだけれど」

「！　だ、大丈夫に決まってる、でしょ！　それより、そろそろ、これ飽きてきたんだけどっ」

「これって、魔道具のこと？」

「そ、そうよ。こんなの、意味なんて――ひあっ!?」

意味なんてない――そう、はっきりと告げようとしたところで、アイネは悲鳴に近い声を上げてしまった。

わずかに身体を動かしたことで、アイネの『弱いところ』に魔道具が当たってしまったのだ。

微弱な振動でも、今の敏感な状態のアイネがそこを刺激されるだけで、声を漏らしてしまうのはごく自然なことだ。

しかし、あまりにタイミングが悪かった。

「意味、なんてぇ……！」

それでも、意味なんてない――そう言い切ろうとしたところで、リュノアがアイネの下へと近寄って来る。

アイネの寝ている後ろに、リュノアが添い寝するような形だ。

「リュ、リュノア……？」

「君が意味のないことだと言うのなら、きっとそうなんだろうと思うよ」

リュノアの声はとても優しく、アイネを肯定するものであった。

それを聞いた時、アイネは心の底から安堵した。

「そ、そうよ。だから、これもう外しても――」

「その前に、一つ試したいことがあって。腕を後ろにしてもらってもいいかな？」

「後ろって……？」

「いいから」

何をしたいのか分からないが、必死に抱きかかえていた枕を離して、アイネはリュノアに言われた通りに腕を後ろに回す――すると、次に聞こえてきたのはカシャンッ、という奇妙な音であった。

「……？　な、何を――って、あれ？　何してるのよ!?」

腕に違和感があって動かそうとするが、両手が繋がれていることがすぐに分かる。

そのままの状態で、リュノアに優しくそっとベッドの上に寝かされた。

何が何だか分からずに、リュノアの方を見る。

優しげな表情をしている――けれど、今のリュノアのことはアイネもよく知っている。

それは、アイネを責める時のSな彼の表情であった。

「そこの棚の中にあってね。効かないって言うのなら、もう少しくらい試してもいいんじゃないかと思って」

以前のリュノアであったならば、間違いなく言わなかっただろうと思える言葉を、簡単に言ってくる。

そんな言葉に感じたのは少しの恐怖心と、大きな期待感であった。

＊＊＊

最初に『それ』を手に取った時は、本当に何なのか分からなかった。

魔道具なのは分かるけれど、ただ震えるだけというのは……正直言って僕から見て意味はないものだ、と。

けれど、アイネから聞いて初めて理解できた。

この宿に置いてある魔道具は、女性に対して『えっちなこと』をするためにあるらしい。

どうしてそんな物が置いてあるのか分からないが、これを見せてからアイネの態度がころころと変わっていた。

明らかに動揺しているのが伝わってくる。

さすがに、彼女にこういう物を見せつけるのもあまり良くはないだろう。

そう思ったのだけれど、アイネのある一言で、僕の考えは少し変わった。

――私がそんな物を使うはずがないわ。第一、ただ震えるだけの物なんて、意味のない代物だもの。

意味がない代物。随分と、強気に言ったものだ、と。試したこともないというのに、どうしてそんな風に言い切れるのだろうか。

もしかしたら、アイネは使ったことがあってそう言っているのか。

それとも、本当に使ったことがないのにそう言っているのか。

どちらにせよ、僕の中で生まれたのは一つの好奇心だ。そう言い切るアイネにこれを使ったら、どうなるのだろう、と。

もちろん、ただ使うだけじゃない。

アイネには『性属の首輪』によって、無理やり発情させられる状態が依然続いている。

もしも、この道具でアイネが気持ちよくなるのだと証明できて、首輪による発情も解消できるのであれば、今後も使う価値のあるものだろう、と。

だから、僕は一つの提案を持ち掛けた。

「そう言うなら、試しに使ってみようか」

「……は？　な、何でよ」

「意味のない代物かどうか確かめてみたい」

――アイネからすれば、別に断ってしまえばそれでいいことだろう。

わざわざ道具を使って『えっちなこと』をしようと、僕から持ち掛けているのだ。発情もしていないのに、宿に入ってわざわざするようなことでもない。

けれど、アイネは断らなかった。

彼女がどういう気持ちで、僕の提案を断らなかったのか分からない。

本当は魔道具の効果を知っていて、それにも拘わらず僕の提案を受け入れたのか。

あるいは、本当に魔道具の効果を知らないのに、負けず嫌いな性格が災いして提案を受けたのか。

前者だとすれば、アイネはあえて僕からの提案を受けて、魔道具による快感を求めたということになる。

後者であれば、単純に彼女の性格の問題であるが……効いた場合はどうなるのだろう。

アイネの性格であれば、ひょっとしたら強がって『効かない』と言い張るのかもしれない。

魔道具をつけてからは、しばらく部屋の中にある物を確認しながら、時々アイネの様子を窺っていた。

小さく漏れる吐息。身じろぎさせながら、枕を少し強めに抱きしめている。

僕は思わず、すぐに視線を逸らした。……効いていないわけではないというのが、僕にもすぐに理解できてしまったからだ。

それと同時に、僕は良くないことをしていると実感してしまった。

アイネが知っていようがなかろうが、こんなことはするべきではなかったのかもしれない。

彼女の性格を利用して、ただ『えっちなこと』をしようとしているだけではないか、と。

もしも、彼女が『効かない』と否定するのであれば、それを受け入れてやめにしよう
——そう考えていると、

「リュ、リュノア……」

震えるような声で、アイネが僕を呼ぶ。

振り返って……そこにいた彼女の姿を見て、僕は思わず息を呑んだ。

頬を紅潮させて、呼吸も荒くしている。明らかに、快感を覚えて興奮しているのだと、僕には伝わってきたのだ。

「アイネ、大丈夫なのか？　顔がかなり赤くなっているようだけれど」

「！　だ、大丈夫に決まってる、でしょ！　それより、そろそろ、これ飽きてきたんだけどっ」

アイネがやや早口で、僕の言葉に答えた。……やはり、彼女にはよく効いているようだ。

彼女の言葉に従い、ここで止めるべきなのかもしれない。

そう思いながら、僕は質問を重ねる。

「これって、魔道具のこと？」

「そ、そうよ。こんなの、意味なんて――ひあっ!?」

アイネが可愛らしい悲鳴を上げた。

びくりと身体を少し震わせて、先ほどまでずっと声も上げずに耐えていたはずの彼女が
……我慢できずに声を出してしまったのだ。

そんな姿を見て、僕の中に生まれた気持ちは一つ。

――もう少しだけ、アイネの姿を見ていたい。

必死に否定して、我慢して、それでも声を上げてしまう彼女はどうしようもなく可愛らしく、僕には見えてしまったのだ。

女の子を気持ちよくさせるための魔道具だと、僕は認識していた。

……けれど、ひょっとしたらこれは違うのかもしれない。

僕の方が、淫らな彼女の姿を見て興奮している気がする。

――そんな黒い気持ちを隠すようにして、僕はアイネに歩み寄る。

アイネに近づいて、安心させるようなことを言って、彼女の腕を拘束した。

「……？　な、何を――って、あれ？　何してるの⁉」

「その棚の中にあってね。効かないって言うのなら、もう少しくらい試してもいいんじゃないかと思って」

ここからは提案ではなく、僕がアイネに対して、勝手にすることだ。

＊＊＊

部屋の中に響くのは、魔道具の振動する音と、アイネの声だけであった。

「はっ、はっ、はぁ……」

小刻みに呼吸を吐き出し、アイネはただ送られてくる刺激に耐える。

リュノアはそんなアイネの様子を、じっと見ているだけ。振動は依然、弱いままだ。

けれど、どんどん下腹部への快感は溜まっていく感じがする。

もどかしくて、思わず身を捩《よじ》ってしまう。

カシャン、と両腕を縛る拘束具が音を鳴らした。

（やだ……なんで……）

見られている——今の姿を。嫌なはずなのに、不思議と気持ちは高ぶっていく。

こんな道具一つで興奮させられてしまった自分を見られて……余計に変な気分になっていくのが分かった。

「も、もう止めてよ、リュノア……」

アイネは思わず、弱音を口にしてしまう。

このまま続けるのが、少し怖くなってきたからだ。弱い刺激が、徐々にアイネの快感を強めていくなんて、本当に思ってもいないことであった。

「どうして？」

「どうしてって……」

「効かないんじゃなかったのかな？」

「……っ」

リュノアの問いに、アイネが言葉を詰まらせる。

——アイネは嘘を吐いた。魔道具のことも知らないと言ったし、そして今は魔道具の刺激なんて平気だとも、強がっていたのだ。

リュノアはいつもと変わらない、優しげな表情を浮かべている。

正直に言えば、止めてもらえるかもしれない。

もう、強がったところでアイネにメリットはない。

仮にここで『効かない』と嘘を吐き通したとすれば、このまま延々と今の状況が続くだけかもしれない。

アイネはここでようやく、素直になることにした。

「あの、ね……はぁ、き、効かないって言ったのは、嘘……んっ、なのっ。本当っ、は、すごく、変な感じが、してて……」

「変な感じって？」

「っ、そんなの、分からないっ、ふっ……ただ、だんだん、気持ちよく、なってる、のかもって……んあっ」

喘ぎながら答えるのは、物凄く恥ずかしいことだ。

このやり取りだけでも、どんどん下腹部にきゅんっとした感覚が押し寄せてきて、快感が上がっていくのが分かってしまう。

けれど、刺激は相変わらず微弱で――一気に高まるようなことはない。

それが、アイネにとっては余計に怖かった。

どこまでこの快感が上がっていくのか分からない。

だから、もう止めてほしいと、リュノアに懇願したつもりだった。

「それは……君は僕に嘘を吐いたということかな」

「嘘……嘘っていうか、その、最初は、本当に効いてなかったのっ」

「いや、思えば君は……最初にこの魔道具を知らないとも言っていた。その時点で、嘘を吐いたことになる。どうしてそんな嘘を？」

「そ、それは……」

ただ、魔道具のことを知っている――そう答えるのが、恥ずかしかっただけだ。

勘違いされるのも嫌だったし、白を切って済むのならそれでいい、と。

アイネが答えに悩んでいると、リュノアが再びアイネの隣に座り込む。

一瞬、外してくれるかと期待はしたが――

「僕は昔から嘘を吐くのが下手でね」

「……？」

「君の今の姿を、もう少し見ていたい。だから、これは嘘を吐いた君に対するお仕置きってことで、ダメかな？」

「な、なによ、それ……ひっ」

先ほどよりも、少し振動が強くなる。

リュノアが何かやったのか――彼の方に視線を送ると、少しだけ嗜虐的な笑みを浮かべているように見えた。

一度リュノアにこういうスイッチが入ると、アイネが何を言っても無駄になってしまう。今更、最初に『嘘』を吐いたことを後悔した。

「ね、ねえ、嘘吐いたことは、謝る……んっ、からっ」

「別に怒ってるわけじゃないよ。ただ、今の君の姿は……その、すごく可愛く見える」

「なっ、こ、こんな時に何を言って――ひあっ!?」

答えようとすると、また刺激が強くなる。

堪らず、アイネは涙目になりながらも――リュノアの方を睨《にら》む。

ただ、そうしたところで何も変わらない。

この時間は、リュノアが満足するまで続くのだと、そう理解して、密かにアイネも心の底では期待してしまっているのだった。

「う、んっ、あ……はあっ」

延々と、アイネの秘部に刺激が送られ続ける。目で確かめたわけではないが、すでに下着はぐっしょりと濡れてしまっているのが分かった。

すぐに下着を脱いで、秘部を刺激する魔道具を取ってしまいたい――そう思っても、後ろ手に縛る枷《かせ》がそれを許さない。

ガシャンッという虚《むな》しい音だけが響いた。

「僕には分からないんだけれど、やっぱりそれは気持ちいいものでいいのかな？」

「……っ」

アイネの様子を見てか、リュノアがそんな風に問いかけてくる。

隠したところで、リュノアにはもう分かっていることだろう。

アイネはすでに、魔道具によって無理やり感じさせられてしまっている。

けれど、答えることはなく俯《うつむ》いて沈黙した。

油断をすると、口元が開いて唾液が垂れてしまいそうになる。

唾を飲み込んで、いつ終わるとも知れない刺激に耐え続けるだけだ。

「アイネ、僕の質問に答えてくれないか？」

「いや、よっ」

「もしかして、怒っているのか？」

「当たり前、んっ、でしょ……！　無理やり、こんなの……ひうっ」

満足に言葉を続けることもできない。下手に動くと、弱いところを刺激されてしまう。

なるべく動かないようにして、アイネはただ刺激に耐えているのだから。

それなのに、不意にアイネの身体が後ろに引かれる。

バランスを崩して倒れるが、それを支えてくれたのはリュノアだ。

「僕は君を怒らせたいわけじゃない」

「なら、さっさと止めて……っ」

「アイネが素直になってくれたら、止めるつもりだよ」

「素直って……」

「だから、聞いたじゃないか。これは気持ちいいのかって」

「っ」

リュノアの問いかけに答えろ――そういうことなのだろう。

座って、俯いて耐えていたのに、今は少し寝るような形になってしまい、刺激は膣へと直接伝わってくる。魔道具の細かく震える刺激は、最初に比べると強くなっていて、それはきっとリュノアが操作しているのだろうとアイネにも分かった。

けれど、絶頂を迎えるには少しだけ、刺激が足りない。

(聞かなくたって、分かってるくせに……っ)

確認すればいいだけの話だ。

アイネが答えなくたって、今は腕の自由が利かない。

アイネのスカートをめくりあげれば、簡単に愛液で濡れた下着を見ることができる。

それはすなわち、アイネがどれだけ否定しても『気持ちいい』と感じてしまっている事実なのだから。

けれど、リュノアはそんなことはしない。

それも、アイネには分かっている。

下手なところで紳士的に振る舞うから、きっとアイネが認めない限りはスカートの中も確認しようとはしないだろう。

無理やりこんなことを続けているのに、無理やり確認することは良しとしない——あくまで、アイネの口から言わせたいのだろう。

(だったら……)

「気になるなら……見れば、ふっ、いいじゃない……?」

「!」

リュノアが少し、驚いたような表情を見せた。

だから、アイネもあえてリュノアを挑発するように言ったのだ。

あくまでも、自分の口からは決して認めない——アイネにできる唯一の抵抗だからだ。

簡単には、素直に認めることはしない。……それが逆に、リュノアの嗜虐心を煽ることになったとしても、だ。

「……なるほど」

やはり、リュノアは少し考え込むような仕草を見せる。見ればいい――そう言われても、簡単にスカートの中を見ようとはしないだろう。

お仕置きという以上は、リュノアはアイネに『気持ちいい』と言わせたいのだから。そう思っていたのだが、

「確かに、アイネの言う通りだね。見た方が早いかもしれない」

そう言って、リュノアがアイネのスカートに手を伸ばす。

思わず、アイネの方が動揺してしまった。

「は、ちょ、ちょっと、待ちなさいよっ!?」

「……？　どうかした？」

「ど、どうかしたじゃ……んあっ、ないわよ……っ」

「君が『見ればいい』と言ったんじゃないか」

「そ、それは――そ、そうね。なら、見れば、いいじゃない……」

アイネはまた動揺したが、ちらりとリュノアの顔を見て理解した。

わずかに視線を逸らしている――やはり、リュノアも少し無理をしている、と。

それが分かったからこそ、あえてアイネも押したのだが……。

（でも、これって逆に、恥ずかしくない……？）

アイネもまた、そのことに気付いてしまう。

お互いに駆け引きをしているつもりで、ただ純粋に『えっちなこと』をしているだけだ、と。

それに気付かなければよかったのに、リュノアが『アイネの姿を見て興奮』していることも、理解してしまう。

そもそも、彼がこうなることは提案した時点で、分かり切ったことだというのに。

リュノアがアイネのスカートに手を伸ばす。

アイネは視線を逸らして、見ないようにした。

それでも、捲っているのが分かる——リュノアが今、アイネの濡れた下着を見ている。

そう考えただけで少し高まってしまって、アイネは太腿をこすり合わせた。

「……濡れているね」

「一々、言わなくても、いいわよっ。これで、分かったでしょっ！　気持ちいいっ、のよっ！」

少し怒ったようにアイネがはっきりと告げると、リュノアも視線を逸らしたままこくりと頷いた。

「そう、だね。うん、よく分かったよ」

「それで……？」

「……ん？」

「『ん？』じゃないわよっ、それで……どうする、のよ……？」

これも、分かり切ったことを聞いている。

けれど、アイネもリュノアも、お互いに対しては素直になれない性格だからこそ、回り道をすることになるのだ。

「だから――んっ、するん、でしょ……？」

「……うん、僕も、そろそろ限界だ」

それでも、お互いに最後は素直になって認め合う。

魔道具を使った『前座』は終わって、今から『本番』を迎えるのだ。

――アイネの下着が、リュノアによってゆっくりと脱がされていく。

自分でもしっかりと濡れているのが分かる。濡れた下着から糸を引いて、ようやくアイネの秘部を刺激し続けていた魔道具が外された。

リュノアが愛液で濡れた魔道具を持って、アイネに見せる。

「本当に、随分と我慢してたんだね」

「……わ、わざわざ見せなくていいからっ」

ただでさえ今の状況は恥ずかしいというのに、愛液に濡れた物など見たくはなかった。

アイネは続けて、抗議の声を漏らす。

「……というか、この腕のやつも外してよ。これから、その、するんでしょ?」

「そのつもりだけど、枷はそのままでいいかなって思って」

「そのままって――え、このまますするつもり!?」

「以前も包帯で動けなくさせたことがあっただろう。それと同じだよ」

「同じって言ったって……」

今は後ろ手で、しかも前と違って本格的に拘束されている感じがした。動けない状態でする――そう思うと、少し高まってしまう。

もちろん、リュノアに対してその事実を口にすることはない。

何を言ったところで、今からアイネはリュノアにされるがままだ。

リュノアはもうすでに準備ができているようで、アイネの視界に彼のそそり立つ『モノ』が見える。

リュノアは可愛らしい顔立ちをしているが、ペニスはそれに反して男らしいモノだ。

すでに何度か行為を重ねてきたが、それを見ると身体が少し震える。

今から、アイネの膣内にリュノアのペニスが挿入されるのだ。

「それじゃあ、挿れるよ？」

「……ん」

アイネは小さく頷いて答えると、力を抜いて自ら股を開いた。

拘束されたままの手はベッドのシーツを握り締めて、これから来る快感へと備える。

ズプリと、ゆっくりリュノアのペニスが挿入されていく感覚が、膣内にあった。

「んっ、ふぅ……」

すでに愛液で濡れているとはいえ、リュノアのモノは大きい――ゆっくりと挿れてくれるのは、彼の優しさだろう。

だが、ゆっくり、ゆっくり入っていくリュノアのペニスが、アイネの膣内で擦れる度に、快感が増していく。

すでに愛液でぐしょぐしょになっているのに、さらに溢れてしまう。気を抜けば、だらしなく口を開いてしまいそうだ。

何とか唇を噛むようにして快感に耐えていると、膣内の奥まで到達したのが分かった。

これから、リュノアが腰を動かすたびにアイネの膣の奥が刺激されていくことになる。

思わず、息を呑む。何度繰り返しても、こればかりは慣れそうになかった。

リュノアはアイネの脇腹辺りに手を置く。少しくすぐったい感じがして、アイネは身を捩《よじ》る。

「それじゃあ、動かすよ」

リュノアが言葉と共に、腰を動かし始める。

「あ、んっ、はぁ……」

膣内で擦れていく感覚に、声が漏れてしまう。

すでに、アイネの感度は十分に高められている。魔道具で延々と責められて、敏感になった身体が、すぐにでもイッてしまいそうだ。

けれど、挿入されたくらいでイキたくはなかった――アイネは小さな意地だけで、押し寄せる快楽に耐える。

初めはゆっくり、けれどだんだんとリュノアの腰の動きも激しくなってくる。

「あっ、ふぅ、んあっ、イッ、ひぁ……っ」

奥を突かれるたびに、軽くイッてしまっているのが分かった。

びくんっ、と意思に反して、小刻みに身体が震える。

シーツを握っていた手で堪らずにリュノアの動きを止めようとするが、耳に届くのは鎖が擦れる音。自由の利かない両腕のことを思い出す。

逃げたいのに、逃げられない――強すぎる快感は、どんどんアイネを追い詰めていく。

(私、ばっかり……っ)

アイネばかり追い詰められるのは、不服だった。

思えば、今日はずっとリュノア主導だ。アイネが主導権を握ったことは、ほとんどないが。

アイネは、自らの脚を使って、リュノアの身体を押さえつける。

「っ、アイネ……?」

リュノアが少し驚いた顔を見せた。

アイネは彼の身体を少し固定するようにしながら、下腹部に力を込める。

リュノアの表情に変化があった。アイネの膣で、リュノアのペニスを強く締める。

こんなことは初めてやったが、どうやら上手くいったらしい。

アイネは呼吸を荒くしながらも、したり顔でリュノアを見る。

「これくらい、締めたら……すぐにイキそう、なんじゃない……?」

挑発的な態度でリュノアに言い放つと、彼も少しだけ笑みを浮かべて答える。

「ああ、そうだね。でも、こっちの方が、気持ちいいかもしれない」

そう言って、リュノアが再び腰を動かし始める。

「ひ、ぅ――はああっ」

自分で締め付けようとしているからか、余計にペニスから受ける刺激が強くて、アイネは嬌声《きょうせい》を上げる。

結局、何をしても自分を追い詰めるだけだったのかもしれない――そんな風に思いながら、アイネはまた送られてくる刺激に耐えた。

けれど、先ほどの魔道具による責めとは違って、今度は『終わり』が分かる。

膣の中で動くリュノアのペニスが、脈動しているのを感じた。

「アイ、ネ……出すよ」

「う、ん……っ、私も、イク……っ」

お互いに言葉を交わして、大きく身体を震わせる。

アイネの膣の中に、温かい感覚が広がっていく。行為を終えて、お互いに小さく息を吐いた。

「……ここまで、長いのよ、バカ」

「ごめん、少し調子に乗ったかもしれない」

――そんなことを言い合って、アイネへのお仕置きは終わりを告げるのだった。

＊＊＊

「……思ったんだけど、今日はまだ『発情』もしてないのに、どうしてやっちゃったのよ……」

終わってから、アイネがジト目で僕のことを見て言い放った。彼女の言う通り、今日はまだアイネは発情状態になっていない。

つまり、もう一度アイネの身体を鎮める必要があるわけだ。

「ごめん、アイネが可愛かったからつい……」

「そ、そういうこと面と向かって言わないでよっ。恥ずかしいんだから……」

「別に、二人きりならいいだろう？」

「そういう問題じゃないの！」

ピシャリと、アイネに言い切られてしまう。……確かに、今回ばかりはアイネの言うことが正しい。

平謝りをするくらいしか、僕にはできない。

「本当に悪かったって」

「……本当に反省してるんでしょうね？」

「もちろんだよ。今ならアイネの言うことを何でも聞いたっていい」

「！　何でも？　何でも聞いてくれるのね？」

「う、うん。やけに食い気味だね。別に、アイネの願いならいつだって聞くつもりはあるけれど」

「そういうお願いじゃ意味ないでしょ。でも、そうね……何でもって言うなら」

アイネはちらりとベッドの方に視線を送ると、パタリとそのまま倒れ込む。

そのまま、僕を誘うようにしてアイネが手を引くと、

「今日は、このまま何もせずに休みましょ」

「そんなのでいいのか？」

「そんなのって……あんたは言っても休もうとしないじゃない。怪我だって……まだ完治はしてないでしょ」

アイネの言う通りである。

僕の怪我は――まだ治り切ってはいない。

さすがに以前帝国の魔導師達と戦った時の傷は大分癒えているが、この前の戦いではまた深手を負ってしまった。

もちろん、怪我をしたくらいで戦えないほど柔《やわ》な鍛え方をしているつもりはない。

けれど、ここには彼女の言葉通り、身体を癒すために来ているのだ。

そう考えると、『何もしない』というのは正しいことなのだろう。

「君がそう言うのなら、僕も横になることにするよ」

「それでいいのよ。何もせずに、こうやって横になるだけって、あまりないじゃない？」

「まあ、そうかもしれないね。大体はどこかに行こうとか……それこそ、仕事をしようってことになるし。もしくは、剣の稽古――あ、今日は何もしてないな」

「ほら、またそうやってすぐに動こうとするじゃない。今日はダメよ、私だってしないんだからっ」

アイネはそう言って、僕が身体を起こせないようにするためか、密着させて動けないようにしてくる。

そんなことをしなくたって動くつもりはなかったのだが、彼女の突拍子もない行動に、僕は少し驚いて視線を送る。

近くで目が合うと、アイネは少し恥ずかしそうにしながら視線を逸らした。

「な、何よ。私、別に変なことは言ってないわよ……？」

「別に、僕も何も言ってないよ。剣の稽古は……今日のところはなしにしよう。アイネの言う通り、休むことも修行になるからね」

「結局修行に繋げるのね……。まあ、それでもいいけど。でも明日は別の宿がいいわ」

「それは……そうだね。さすがに明日もここにいると、ちょっと変な気分になるかもしれない」

「っ、さ、さっきのこと思い出してるんじゃないでしょうね!?　本当に恥ずかしかったんだから……」

「僕もどうかしていたとは思うけれど……アイネが可愛かったのは本当だよ。でも、君はああいう時でも意地を張るんだなって思うと少しおかしかったかな」

「べ、別にいいでしょ。あんただって冷静な振りして相当な負けず嫌いの癖に」

「そんなことないよ。君に剣の腕では負けないように努力はしてきたけれど」

「その時点で負けず嫌いじゃない。私も人のことは言えないけれど、お互い様でしょ」

僕とアイネはそんな風に言い合うと、やがて小さく笑みを浮かべて笑い合った。

何もせずに、ただ無為《むい》な時間をアイネと共に過ごす――思えば、あまりしてこなかったことだ。

ベッドの上で、僕らはただ他愛のない話を続けた。

――それからしばらく時間が経たないうちに、アイネが発情することになるとは、お互いに思ってもいないことだったけれど。

第二章

ルリエ・ハーヴェルトはとある町に辿り着いていた。

シスターの服装だけなら目立つことはないが、それ以上に彼女の背負う棺桶が目立つだろう。周囲の人々から向けられる視線をよそに、ルリエはきょろきょろと周囲を窺うような仕草を見せる。

「……うーん、この辺りにはもういらっしゃらないのでしょうか？」

ようやく『情報』を得られたが、やはり人探しというのは簡単ではない。

悩むような表情を見せて、ルリエはふと思い立ったように近くの酒場へと足を運ぶ。

背中に棺桶を背負ったまま酒場に入ると、当たり前のように酒場にいた人々の視線はルリエへと注がれた。

呆気に取られる人々の視線をよそに、ルリエは真っ直ぐカウンターに立つ店員の下へと向かう。

ズンッと隣に棺桶を置くと、ルリエはカウンターの席に座り、

「まずは一杯、いただけますでしょうか？」

「！　は、はいっ」

店員も驚きの表情を浮かべていたが、ルリエの言葉を聞いてすぐに酒の準備を始めた。

棺桶を背負ったシスター――その姿を見て、人々はひそひそと話をしている。

やはり、棺桶を背負う姿のインパクトが強すぎるのだろう。

そんな中、一人の男がルリエの隣に座り込んだ。

「よう、随分と奇抜なことしてんじゃねえの？」

「あら、そうですか？　至って普通の格好だと思うのですが」

「ははっ、格好の話じゃねえよ。その棺桶、まさか死体でも入ってるんじゃねえだろうな？」

「死体を入れて運ぶなんてこと、するはずがないじゃないですか。わたくしはただのシスターですよ」

「ただのシスターが棺桶なんて運ぶかよ。何か訳ありか？」

男の問いかけに、ルリエはちらりと視線を向ける。

薄汚れたローブに、腰に下げた剣――おそらくは、冒険者だろう。

ルリエの姿を見て気さくに話しかけてくるところを見ると、こういう手合いを見るのも珍しくはない……そういったところか。

ルリエ自身もよく理解している——常人では理解し得ない者に話しかけるのは、よほどの馬鹿か分かっていて話しかけることができる自信家。この男は、後者の方だろう。

店員に話を聞くつもりだったが、運がよかった。

「少し人を探していまして」

「人探しか。目立つ格好をしているのは、それを目印にしようってことか？」

「まあ、そんなところです。わたくしの探している人は『有名人』なので、割とすぐに見つかると思っているのですが」

「ほう、有名人ねぇ。この町はそんなに大きくねえし、来ていたらすぐに分かりそうなもんだが。なんて名前の奴だ？」

「お待たせしました」

話の途中、アルコールの注がれたグラスが、ルリエの目の前に運ばれてきた。

ルリエはそれを一口含むと、妖艶な笑みを浮かべて答える。

「リュノア・ステイラー——『Sランク』の冒険者の青年を探していまして。この辺りでお見掛けしませんでしたか？」

「リュノア……ああ、確かにそいつは有名人だな。あの若さでSランクの冒険者になったっていうんだから、驚きだぜ。だが、あいつを探してるなら、ちっとばかし遅かったな」

「……というと？」

「ほんの数日前だけどよ、俺はリュノアの奴を見かけたんだよ。仕事で来てるのかと思ったが、気付いたらもういなくなってたな。ギルドの方にも顔を出さなかったみてぇだし」

「なるほど……ちなみに、リュノアさんはもう一人、少女を連れていませんでしたか？」

「ん？　あー、そう言えば連れてたな。首輪もしてたし、奴隷でも買ったのかもしれねぇ」

「ふふっ、そうですか。それは良い話を聞きました」

「おー、役に立てたのならよかったぜ。俺も、あんたみたいなベッピンさんと飲めてよかったよ」

「わたくしも、お話ができてよかったです」

ルリエはそう答えると、グラスに入ったアルコールを飲み干して、すぐに立ち上がった。

「もう行くのか？　急ぎじゃねえなら、今晩一緒にどうだい？」

「この町にいないと分かった以上、見失う前に追いかけないといけませんので」

「一日や二日くらい変わらねえだろ？　Sランクの冒険者なら、それこそギルドにでも聞けば何か受けている仕事が分かるかもしれねえしよ。俺はこう見えて、冒険者としては結構実力のある方なんだぜ？」

　男がそう言って、ルリエの腕を掴む。

　だが、すぐに男は何かに怯えたように腕を離した。ルリエが振り返ると、男は確かめるように自身の手に触れている。

「ふふっ、落ちる前に離して正解でしたね。貴方にそれ相応の実力があって、よかったですね？」

　優しげな笑みを浮かべて、ルリエは言い放った。

　すぐに離していなければ、実際にそうなっていただろう――ルリエは男にそう認識させたのだ。棺桶を背負うと、ルリエは酒代をカウンターに置いて歩き出す。

「少しばかり急いで行きましょうか」

　そう呟《つぶや》いたルリエは、その日のうちに町を出た。

＊＊＊

　僕とアイネがこの温泉の町にやってきてから、早いもので数日が経過していた。

　さすがに最初の宿は初日に泊まってからすぐに移動して、僕達は別の宿に宿泊している。

今度はいかがわしい宿ではなくしっかりとしたところで、温泉宿として何十年と経営を続けてきたところだ。

宿の温泉にも浸かることはもちろんあるが、数日経過した今は、宿を出て少し離れた露天風呂なんかも探して入浴することにしている。

これも、この温泉の町の楽しみの一つだ。

各地で源泉が湧き出ており、それを汲み取ることで露天風呂としているところもあれば、源泉掛け流しで自然に出来上がった温泉も存在している。

その種類が豊富で、あらゆる病気や怪我に対しても効能を持つという温泉があるのだ。

貴族が数か月近く滞在することもあるというのだから、驚きだろう。

けれど、僕もここ数日は様々な温泉に浸かってゆっくりとしているから、その気持ちが分からないでもなかった。

「……ふぅ」

今もこうして、僕は見つけた温泉に浸かりながら、傷を癒している。

温泉にどれほどの効果があるのか分からなかったが、こうしてゆっくりしているだけでも十分に意味があると理解できた。

それに、実際に傷の治りも早く感じる。

少し前までは痛みも残っていたが、今は大分楽になったところだ。

「ブオオ……」

不意に少し離れたところから鳴き声が聞こえる。

見れば、温泉に浸かる猪の魔物の姿があった。

町から少し離れれば、当然のように魔物の姿を見ることもある。

だが、魔物も多くはここに身体を癒しに来ているのだろうか――こちらに近づくことはなく、一定の距離を保って湯に浸かっていた。

さすがに魔物も出るようなところでは一般人が来るのは憚《はばか》られるだろうが、僕は特に問題ない。

他の人の姿もなく、むしろゆっくりとできて良かった。

「どう？　そこの湯加減は」

「！　アイネか」

声を掛けられ振り返ると、そこには布で身体を隠したアイネが立っていた。

服は近くに置いてきてしまったが、剣だけは肌身離さず持ってきているところがアイネらしい。もっとも、僕もそれは同じなので人のことは言えないが。

腰のベルトを外して鞘を置くと、アイネは僕のすぐ近くに座り込んだ。

「傷は大分よくなった？」

「おかげ様でね。もう仕事をしても問題はなさそうなくらいだ」

「またすぐに仕事って……リュノア、意外と仕事人間なところあるわよね。まあ、私が言うのもなんだけれど……」

「色々仕事は受けていたけれど、その辺りほとんど解決せずにこっちに来てしまったからね。まあ、きっと僕以外の誰かがやってくれるだろうからさ。今は、アイネの言う通り傷を癒すことに専念するつもりだよ」

「それがいいわ。私も、腕の方は大分よくなったもの」

アイネの腕は折られたはずだったが、すでに骨はくっついているらしく、後遺症もないという。いくら何でも快復するには早すぎる——そう思うが、もしかしたらアイネの『首輪』に関連することなのだろうか。

結局、そのことについてはまだ詳しいことは分かっていない。

ただ、アイネ自身が『魔剣の鞘』となってしまっていることだけは、確かな事実であった。

僕とアイネは迫りくる敵から逃げる選択をして、首輪の詳細については結局調べることができていないのだから。

分からないことばかりではないが、やはりいずれはアイネから首輪を外すことが、一番安全な道なのかもしれない。

「リュノアの怪我がもう少しよくなってきたら、私がリハビリの相手になってあげるわ」

「……リハビリ？」

「そうよ。だって、随分と剣の稽古も休んでるじゃない？　さっき仕事の話をしてたけれど、仕事の前にまずは身体を動かすところからよ」

「寝たきりってわけじゃないんだ。すぐに戦ったって大丈夫だよ」

「ダメよ。無理してまた怪我をしたらどうするの？」

「君も結構心配性なところがあるよね。大丈夫だよ――何なら、今ここで証明してみせようか？」

「証明って――！」

僕の視線に気付いたのか、アイネは少し驚いた表情を見せる。

お互いに、すぐ近くに『剣』だけは置いてあるのだ。

だが、アイネはすぐに難色を示す。

「……って、温泉で斬り合うなんて論外よっ。何のためにここに来たと思ってるのよ!?」

「もちろん、僕も無理をするつもりなんてないさ。軽いお遊びみたいなものだし、アイネに怪我をさせるつもりもないよ」

「何ですって？」

僕の言葉を聞いて、アイネがピクリと表情を揺らした。……まあ、今のはわざと挑発したつもりだったのだけれど、意外と効果があったようだ。

「……そうね。確かに休んでばかりもよくないし、軽くなら斬り合ってもいいかもしれないわ。私も、あなたに怪我をさせるつもりはないから」

意趣返しのように、アイネがそう言い放つと、立ち上がって鞘を掴む。

そして、しっかりと布を身体に巻くと、鞘から剣を抜いて僕の方へと向けた。

「立ちなさい、リュノア。私の本気、見せてあげるわ」

怪我をさせるつもりはない――そう言っておきながら、『本気を見せる』と言うあたり、少し冷静さを欠いているようだった。

けれど、『剣のこと』に関してはいつだって本気の彼女こそ、僕の知るアイネなのだ。

「ああ、僕も本気でやろう」

アイネの言葉に僕は向き合って答えた。剣の柄を握り締め、構える。

ここ最近は、稽古という稽古はしていない――本気を出すというのは、少し久しぶりの感覚だ。

対面には、同じく剣を構えるアイネの姿。タオルを身体に巻いて、その表情はすでに剣士のものとなっている。――戦いとなれば表情を一変させるのは、さすがというところだろう。

僕の剣は、ここに来るまでに新調したものだ。

まだほとんど振れていない……慣れてもいない代物だが、しっくりはくる。

元々、剣にこだわりを持つタイプではないからかもしれない。

「いつでもいいわよ、リュノア」

アイネは僕に剣先を向けて、言い放った。

彼女の方から誘ってくるとは――僕が少しだけ笑みをこぼす。

アイネと共に剣の修行をする機会はあったが、改めて向き合って斬り合うことはしてこなかった。

正直、楽しみで仕方ない。

「ああ、いくよ――」

だから、僕はすぐにアイネの誘いに乗った。足場は温泉で、地面を蹴ればバシャリと湯が跳ねる。

当然、水辺での動きは陸地に比べれば鈍くなるだろう。

だが、僕は一歩でアイネとの距離を詰めた。

アイネは驚くこともなく、冷静な表情で受けの姿勢を見せる。

まずは小手調べに三撃。僕の放った剣撃を、アイネは軽々と防いでみせた。

逆に、僕の動きに合わせてアイネの方から、カウンターの一撃が飛んでくる。

「おっと」

身体を逸らして、それをかわす。

続けざまに、アイネが一歩踏み出して連撃を繰り出す。

彼女も稽古をする暇はあまりなかったと思っていたが、その剣術に衰えは感じさせない。

美しく、迷いのない動きに――僕は思わず見惚れてしまう。

だからこそ――僕は彼女の剣を受けなければならない。

アイネの剣術に追いつきたくて、そして彼女を超えたくて……僕は剣士になったのだから。

剣を受けて、鍔迫《つばぜ》り合いの形になる。

金属の擦れる音が周囲に響き、お互いの顔が息のかかる距離にあった。

「……さすがね。リハビリだから、私の方が有利だと思ってたけど、そんなことなさそうだわ」

「ああ、僕も嬉しいよ。君とこうして剣を交えることができて」

「余裕でいられるのも今のうち――よっ！」

アイネが僕の剣を弾《はじ》き、距離を取る。

同時に、僕も後方に跳んで走り出した。お互いにつかず離れずの距離を取って、隙を窺《うかが》う。

だが、当然のように隙など見せるはずもない。

温泉から出て、今度は陸上で剣を交えた。

僕の繰り出す剣撃を、アイネはまたしても綺麗に受け切る。

――どこまで、彼女は僕の剣を受け入れてくれるのだろう。

そんな気持ちが、僕の中で芽生え始めていた。

……僕はアイネを目標にしていた。彼女の剣術が好きで、彼女と共に修行するのが好きで、そして今は――彼女のことが好きだ。

その気持ちを僕は理解していて、アイネもまた僕と同じ気持ちだと思っている。

だから、僕のことをどこまで、アイネは受け止めることができるのだろう。

剣士だからこそ、それが気になって仕方がない。

徐々に、徐々に、お互いに交える剣速は増していく。

アイネの剣速もまた、僕に合わせてどんどん上がっていた。

金属のぶつかり合う音も激しさを増し、水気の多いこの場所で火花を散らし始める。

もっと、もっとだ。もっと速く――この時が永遠に続けばいいと思える程に、僕は『本気』で剣を振るう。

そうして、終わりは不意に訪れた。

「っ」

キィン、と大きく金属を弾く音。

アイネは顔をしかめて、ピタリと動きを止める。僕の剣先が、彼女の喉元に向けられたからだ。

「……ふぅ、もう少しいけると思ったのに。――というか、あんた本当に病み上がりよね？　全然そんな感じがしなかったんだけど」

「ああ、病み上がりなのは違いないけれど、病み上がりでも戦えるようには鍛えてきたよ」

「鍛えてきたって……本当にどんな鍛え方してるのよ？」

「まあ、また今度話すよ。一先ず、今回は僕の勝ちだ」

「……そうね。私の負け――でも、次は負けないわ」

お互いに言い合って、笑みを浮かべる。

体と心を休める温泉地で、こんなに高揚する戦いができるなんて、思わなかった。

やはり、僕にとって彼女と共に『剣』を交えることは、なにより幸福なのかもしれない
――そう思っていると、はらりとアイネの身体を隠していたタオルが落ちて、素肌が露《あら》わになる。

「！」

僕は思わず視線を逸らしたが、アイネは別に騒ぐこともせず、小さくため息を吐くだけだった。

「別に、今更裸を見られたくらいで騒いだりしないわよ。……それよりすごいことも、してるんだし……」

「そう言われると、そうだね――」

「見ろってことでもないわよ！」

僕がアイネの方に目を向けようとしたら、すぐにそう言われてまた視線を逸らした。

こういうところは、一緒にいてもまだ分からない――そう思いながら、剣を納めて静かに背を向けた。

周囲にいた魔物の姿はなく、今はアイネと二人きり。身体も動かしたし、そろそろ温泉

から出てもいい時間だろう。

そんなことを考えていると、不意に背中に柔らかい感触があった。わずかに振り向きながら、僕は彼女の名を呼ぶ。

「アイネ、どうかした？」

「……やっぱり傷、増えてるわね」

僕の身体に触れながら、アイネは呟くように言う。

「冒険者をやっていれば、どうあれ怪我をすることだってあるさ。それにさっきも言ったけれど、もう大丈夫だよ。アイネだって、騎士をやった時に怪我をしたことはあるだろ？」

「それはそうだけど……」

「なら、僕の傷なんて気にする必要はないさ」

そう言って、僕はアイネの方に振り返る。

アイネはまだタオルで身体を隠しておらず、一糸纏《まと》わぬ姿のままであった。

再び視線を逸らしそうになるが、ふと彼女の肌の傷について気になり、そのまま確認する。改めて見ても、大きな傷などはない綺麗な肌だった。

僕と違い、アイネは女の子だ。目立った傷などはない方がいいだろう。

「……リュノア」

少し低めの声が耳に届き、僕は慌てて視線を外した。

「ご、ごめん。見るなって言われてたね」

「そうじゃなくて。その……下が」

「下？」

何を言っているのだろう、と思ってすぐに気付いた。

アイネの言う『下』とはまさに言葉通りで、僕の下半身のことを言っていたらしい。

どういうわけか、僕の下半身はとても元気であった。

いや、何度か彼女の裸の姿を見ているし、密着するような距離にいれば、無意識のうちにこうなっても仕方ないのかもしれない。

しかし、いくら周りに人がいないとはいえ、さすがに向き合ったままの状況は気まずい。

僕はすぐに彼女から離れようとするが、アイネが僕の腕を掴んだ。

「ア、アイネ？」

「えっと、リュノアが『そう』なってるのは、私にも責任があるわけよね？」

「責任って言うようなものじゃないけれど……まあ」

歯切れ悪く、アイネの言葉に頷《うなず》いた。

アイネは先ほど『裸を見られたくらいで』と言っていたが、ここであまり強く肯定するのも、なんだか変態に思われそうな気がしてしまった。

けれど、アイネの様子を見る限り、彼女も強がっていたのが分かる。

温泉に入ったから頬が紅潮していたのかと思ったが、今のアイネの表情からは、恥ずかしがっている様子も見て取れた。

「た、たまには、そうね。私の方から『奉仕』って言えばいいのかしら？　そういうこと、やってもいいけど……？」

何やら含みのある言い方をするアイネ。何となく、彼女の言いたいことは分かるのだが、本当に合っているのか分からず、僕は問い返す。

「ごめん、もう少し具体的に言ってもらっても？」

「……っ、だ、だから！　ここは外だし、人は来ないかもしれないけど、『行為』とかするのはちょっと、あれじゃない？」

「あ、ああ、そういうことか」

アイネの言いたいことは、やはり『えっちなこと』を示していた。

以前に外でしたことはあるが、ここは温泉だし、確かに人が来ないとも限らない場所だ。

そうなると、着替えて戻った後の誘いか何かだとも思ったが、アイネはそっと僕の下半身に手を伸ばし、優しく手を触れる。

「リュノアはあまり声とか出さないし——手で、してもいいけど……？」

アイネから、そんな提案があった。

基本的に、アイネから誘いがあった場合に、僕が断ることはない。

しかし、『手でする』というのは、果たして彼女も経験があるのだろうか。そう思っていたが、

「まさか、断ったりしないわよね……？　この前、私に色々したこと、忘れてないでしょ？」

——どうやら、以前に泊まった宿での出来事の話をしているらしい。

確かに、僕は少し調子に乗ったところはあったが、今になってそれを切り出すとは。

「そうまで言うなら、してもらおうかな」

僕は別に断るつもりもなく、アイネの言葉に頷いた。

むしろ、アイネの方が少し驚いた表情をしていた気がする。

けれど、すぐに「ま、任せなさい！」と裸のままに胸を張り、一応は誰かが来ても大丈夫なように、岩陰の隠れられる場所に移動した。

僕は胡坐《あぐら》をかくようにし、何故かその正面に正座をするアイネの姿がある。

どういう状況なのか——と聞かれたら、こっちが聞きたいくらいであった。

アイネの視線は、僕の下半身へと集中している。

「……」

「えっと、アイネ？」

「べ、別に私の方から誘ったのにどうしたらいいか分からない、とかそういうわけじゃないから！　勘違いしないでよ！」

どれだけ困惑しているのか、今の彼女の言動を聞けば分かる。実際、あまり彼女の方から積極的に誘ってくることはない。

何となく、そういう雰囲気になる程度、と言えばいいだろうか。

それに、今回はアイネに対して何かするのではなく、アイネが僕に対して『する』のだ。

「あまり無理はしない方が——」

「む、無理はしてないわ。ちょっと黙ってて！」

黙っていろ、と言われたらこれ以上言うことはない。

アイネは頭の中で何かイメージをしているのか、手だけ軽く動かすようにしながら、しばしの沈黙の後、

「……よし、やるわ」

気合十分、といった表情で宣言した。

未だに大きくなったままの僕のペニスに、アイネの手がそっと触れる。

ゆっくりと、アイネが手を動かし始めた。

「……痛くない？」

「うん、平気だよ」

アイネの握り方は優しいし、動きも決して速くはない。

手つきはどう見ても慣れておらず、どこまでもぎこちなかった。

それから、しばし手を動かし続けるが、

「これって、気持ちいいの？」

眉を顰《ひそ》めながら、そんな問いかけをする始末だ。

僕が口で説明しながらすることになるのか、と少し複雑な心境になる。

しかし、不安げなアイネをそのままにすることはできない。

僕は小さく深呼吸をして、答える。

「もう少し強く握ってもいいかな。動きも、速くしても大丈夫だよ」

「こ、こう？」

アイネは僕の指示に従って、手の動きを速めた。

「っ、ああ、そういう感じだ」

他人にこんなことをさせた経験などないし、正直言えば僕もよく分かってはいない。

自分でもそんなにすることはないというのに、よりによってアイネにやらせるなど、想像すらしなかった。

アイネが必死になって手を動かす姿は、何と言えばいいのか、『くる』ものがあった。

だんだんとこみ上げてくる感覚もある。アイネを見ると、集中しているから気付いていないのか、このままだと掛かってしまう距離に彼女の顔があった。

「ア、アイネ、もう少し離れ――っ」

「な、何よ？　もしかして、もう射精《で》ちゃいそうなの――きゃ!?」

僕の様子を見てか、少し勝ち誇ったような表情をしていたアイネの顔に対し、思いっきり放ってしまう。

何が起こったか分からない、といった様子できょとんとしたアイネだったが、すぐに僕が射精したことを理解したようで、

「……ど、どう？　気持ちよかった？」

そう、僕に尋ねてきた。

確かに気持ちよかったし、アイネがこれで満足したなら言うことはないのだが。

「……ああ、よかったけど」

「けど？」

「また、温泉で洗わないと、だね」

僕よりも、特にアイネの方。彼女が僕の射精《だ》したもので、身体を汚しているのは何とも言えない背徳感があり、できるだけ早く綺麗になってもらいたかった。

「あ……確かに、そうね」

アイネも僕の言葉に冷静になったようで、こくりと頷いた。

いつものことだが、終わってみると微妙な雰囲気になってしまうところがあって、僕もアイネも黙ったまま、互いにまた身体を洗い流すことになった。

それからしばらくすれば、いつも通りになる。

——僕は着替えを終えて、アイネを迎えに行く。彼女も丁度、着替えを終えたところであった。

「さて、それじゃあ宿に戻ろうか」

「そうね。でも、あんたの腕は落ちてなさそうで、本当によかったわ。さすがね」

「体力的には少し落ちているかもしれないけれどね。まあ、仕事を再開する分にはもう問題ないよ」

「またそんなこと……もう少し休むことを考えなさいって言ってるでしょ？」

「十分休んでいるさ。少しずつでも仕事をしないと、それこそ身体が鈍《なま》るよ」

「それはそうかもしれないけどね――」

「あの……少しよろしいでしょうか？」

「っ！」

僕とアイネの会話に割り込むようにして聞こえてきたのは、女性の声。振り返ると、そこには一人の女性が立っていた。

黒を基調とした修道服に身を包み、一見して教会のシスターであるということは分かる。

だが、その背にあるのは漆黒の棺桶――どう見ても異様であった。

なにより、まだ距離があるとはいえ、接近するまで気付けなかった。

油断していたと言えばそうかもしれないが、森の中には魔物だっている。近づく人間に気付けないなんてことはない。

目の前にいる女性が、気配を完全に消して近づいてきたのだ。

僕は咄嗟《とっさ》にアイネを庇うようにして、腰に下げた剣の柄に手で触れる。すると、

「あ、お待ちください。わたくしは、ただ道を尋ねたくて……」

「道？」

「はい、そうなんです。実は、この近くで有名な温泉街を探しているのですが、気付くとこの森の中に迷い込んでしまいまして……。せっかくなので温泉でゆっくりしていこうかと思ったのですが、何やら人の気配を感じましたので、こちらにやってきた次第です」

「まあ、他に人はいないわね」

「アイネ、僕の後ろに」

不意に目の前に現れた女性が帝国からの刺客――そう判断するには早計だが、その風貌《ふうぼう》や気配を消して近づいてきたことも考えれば、普通ではない。警戒をするに越したことはないだろう。

「温泉街なら、ここを下っていけば行けますよ」

「あら、それではだんだんと目的地に辿り着いていたのですね。ふふっ、教えていただき感謝致します。わたくしはルリエ・ハーヴェルト――貴方達のお名前は？」

「リュノア・ステイラーです。こっちは――」

「アイネ・クロシンテよ」

「！」

アイネは特に名前を隠すこともなく、ルリエの言葉に答える。ちらりと彼女の表情を見ると、毅然《きぜん》としたものであった。

アイネもまた、ルリエの異常性には気付いているだろう。

故に、あえて隠れるような態度は取らない――そういうことか。

ルリエは特に反応を見せることもなく、礼儀正しく頭を下げる。

「リュノアさんに、アイネさんですね。それでは、またご縁がありましたらお会いすることもありましょう。ふふっ、お元気で」

優しげな笑みを浮かべて、ルリエは去っていく。彼女の姿が見えなくなると、僕は警戒を解いた。

背後にいたアイネも、小さく息を吐き出す。

「……ふぅ。急に話しかけられて、驚いたわね」

「ああ、しかも……完全に気配を殺していた。あそこまで近づかれたのは久しぶりだよ」

「でも、私の名前を聞いても特に反応もなかったし……本当に温泉街に用があるだけだったのかしらね」

「そうかもしれない。けれど、相当な実力者であることには違いない。それに、大きな棺桶だって普通は背負わないだろう」

「そうよね……。普通は馬車で運ぶ物だし、冷静に考えるとすごい怪力よね。中身、入っていたのかしら？」

「入っていたと考えたくはないけれど、どのみち普通ではないんだ。同じ町にいるのなら、警戒することに越したことはないよ。それとここに長居するのも、やっぱりよくないかもしれない。もう少ししたら、この町も離れることにしようか」

僕の提案にアイネも頷く。

奇妙な女性との邂逅《かいこう》を経て、僕とアイネは改めて気を引き締めた。

＊＊＊

僕はアイネと共に町の方へと向かっていた。

僕達がいた温泉は町からは少し離れた山の中にあるため、戻るのに少し時間がかかる。

「次に行く町の予定は決まってないのよね？」

「特にないね。それこそ、この国を出たら、僕もあまり詳しくはないからさ。旅人気分で色んなところを回るしかないかな」

今後の予定も特には定まっていない。

ただ、この国を出るということだけは、お互いに共通の認識であるはずだ。

そんな話をしながら歩いていると、なにやら騒がしい声が聞こえてくる。少し道から外れた森の方からだ。

「なにかしら。人が集まっているみたいだけど……」

「この辺りは町に近いし、なにか作業でもしているんじゃないかな？　温泉を引くのに結構人手も必要だろうし。その整備でもしているのかもしれない」

「でも、それにしたって騒がしくない？」

僕はそのまま通り過ぎるつもりだったが、アイネが足を止めた。

「気になるのなら、確認しに行こうか？」

「！　いいの？」

「別にこの後、予定があるわけじゃないからね。それに、僕も気にならないと言えば嘘になる」

ただ作業をしている、というだけなら、ここまで騒がしく声は聞こえてこないだろう。

少なくとも数名の声だ——一体、なにを話しているのか。

道を外れて、森の方へと入っていく。

だんだんと人々の声が聞こえてきたと思えば、

「離せよ！　誰も行かないなら俺が行くんだって！」

そんな少年の叫び声であった。

僕とアイネは顔を見合わせ、すぐに現場へと駆け付ける。

そこには数名の男達と、少年が一人。男達の服装を見る限り、僕の予想した通りこの近くで作業をしていたのだろう。

ただ作業道具を見る限り、温泉を引いているのではなく、鉱石を発掘しているようだった。

つまり、彼らは鉱夫だろう。

アイネがすぐに、近くにいた男達に事情を尋ねる。

「どうかしたんですか？」

「！　あ、ああ。実は、この先の洞窟で発掘作業をしていたんだが、『変な声』が聞こえてな。それで慌てて撤収してきたんだが……一人戻ってこなくてよ」

「変な声？」

「低く唸《うな》る声っていうのかな……。たぶん、魔物だろう。すぐにみんなに声を掛けたんだが――」

「だから、冒険者なんか待ってる時間なんかないだろ！　早くしないと父ちゃんが……！」

――事情は大体理解できた。

どうやら作業中、魔物に遭遇して、洞窟の中に一人取り残されているらしい。

そして、今ここで声を上げている少年こそが、その一人の息子なのだろう。

「バカよせ！　子どものお前がどうにかできる問題じゃない！」

「うるさい！　父ちゃんを一人残してきたくせに！」

「それは……俺達だって、置いていきたかったわけじゃない。だが、魔物の正体も分からない以上、迂闊《うかつ》に戻れないんだ」

男達は屈強だが、だからと言って魔物との戦いに慣れているというわけではない。

もちろん、弱い魔物であれば対応できるだろうが、暗闇の中で聞こえてきたという『低く唸る声』――洞窟内では、あまり魔物が声を上げることはない。暗闇に乗じて狩りをするモノの方が多いからだ。

だが、わざわざ声を上げてきたということは、おそらくは『威嚇』の目的が含まれているかもしれない。

「リュノア」

僕が魔物について考えていると、アイネが声を掛けてきた。

彼女の表情は真剣で、なにを言いたいのかすぐに理解する。男達から少し距離を取って、僕はアイネと話を始めた。

「助けに行きたい……そういうことかな」

「迷っている暇はないと思うの。まだそんなに時間は経っていないだろうし、その、私達なら……」

だが、アイネは不意に歯切れが悪くなる。おそらくは、僕のことを心配しているのだろう。

僕はすぐに答える。

「アイネ、僕のことは心配いらない。洞窟の中に入って助けに行きたいんだろう？」

「！　ええ、そうよ。私は……今は違うけれど、騎士だもの。ただ理由もなく騎士になったんじゃないわ。こういう時のために――私は強くなりたかったんだもの」

「……そうか。君の気持ちは分かった。けれど、僕は反対だ」

「な、どうしてよ!?」

「落ち着いて。話を聞く限りでは、魔物は彼らを襲いに来たわけじゃないと思う。行動を見る限りではおそらく『威嚇』だ。取り残された人を襲う目的じゃない可能性もある」

「可能性って……そんな理由で反対するなんて、リュノアらしくないわ」

「僕らしくない？　いや、僕は冷静だよ。冒険者が来るのを待ってからでも遅くはない」

僕の言葉を受けても、アイネは納得できないというような表情を浮かべていた。

「あんたの実力なら、暗い洞窟の中だって余裕でしょ。私だって後れは取らないように――！　ねえ、もしかして……リュノア、私のことを心配しているの？」

「それはもちろん、アイネのことはいつだって――」

「そうじゃない、そうじゃないわよ！　今日はまだ、その……『あれ』が起こってない、から」

『あれ』というのは、『性属の首輪』の発情のことを言っているのだろう。……触れないつもりだったが、その通りだ。

魔物のいる洞窟内ともなれば、より一層危険の伴う可能性が高い。慣れた道でないのならば、なおさらだ。

僕一人であれば全く問題はなかっただろうし、アイネがすでに『発情』を迎えていたのであれば……彼女を連れていくこともできただろう。

だが、今はリスクがある――そう、判断せざるを得なかった。

「……そうだ。君を連れていくのは危険だと思う。けれど、君を一人残していくのも、今は不安だ。だから、僕はこの件に関わらない方がいいと思っている」

「……ねえ、リュノアは逆の立場だったら、どう思うの？」

「逆の立場？」

「仮に、リュノアの方が満足に動けない状態だったとして、よ。もしも、今の状況になったとして、あんたは私になんて言うの？　私から『危険だからやめよう』って言われたら、頷いて今の状況を見過ごすの？」

「その聞き方は、少し卑怯だな」

「分かってるわよ。でも――」

「ああ、僕も分かっているよ」

アイネの言葉を遮って、僕は言葉を続ける。

「逆の立場だったとすれば、僕は『助けに行ってほしい』と思う。僕は正義の味方ではないけれど、目の前でこういう状況に出くわしたら、放っておくことはできない」

「だったら、お願い。私に『待っていろ』って言うのなら、そうするわ。リュノア一人に頼ることになるけど、あんたの実力なら、絶対に大丈夫だと思うし……。だから、あの子の父親を、助けてあげてほしいの」

これは――純粋にアイネの願いなのだろう。

ここで彼女の願いを突っぱねることは、簡単だ。

アイネの手を引いて、この場を去ればいい。彼女もきっと、大きく抵抗することはしないだろう。

けれど、大きな心の傷は残ることになる。ここで彼らを『見捨てた』という事実は、騎士であった彼女には致命的になるかもしれない。

『安全』か『尊厳』か——そんな選択をしろと、言われているようなものだ。……ならば、選ぶ必要なんてない。

僕はアイネの手を引いて、彼らの方へと戻る。

そして、ざわつく彼らに向かって宣言をする。

「状況は理解しました。僕と彼女は——冒険者です。これから洞窟の中に入って、救出に向かいます」

「！　ほ、本当か!?　あんたら、冒険者なのか!?」

僕の言葉にいち早く反応したのは、少年だった。

僕は少年に向かって頷き、答える。

「ああ、僕の名前はリュノア・ステイラー。『Sランク』の冒険者だ。彼女は、僕のパートナーのアイネ・クロシンテ。今から、君の父さんを『二人』で助けに行くよ」

「！」

僕は少年と、そしてアイネに向かって言ったつもりだ。

ちらりと視線を送ると、アイネは嬉しそうな表情を浮かべている。

――選ぶ必要なんてない。彼女の『安全』も『尊厳』も、まとめて僕が守ればいい。

だから僕は、彼女と共に洞窟内へと向かう。

それこそが、僕の選択だった。

入口に男達を待たせ、僕とアイネは洞窟内に入る。進むべき道がわずかに灯りに照らされている程度だった。

おそらく中で作業をしていた人達は、それぞれで灯りを確保していたのだろう。視覚的には洞窟内というだけあって、あまり頼りにならない状態だが――僕は『こういう場所』には慣れている。

以前、『剣の修行』の一環として、暗い洞窟の中で感覚を鍛えたのだ。

丁度、ラルハと共に仕事をしていた頃だ。それ以来、暗い洞窟内であっても感覚を研ぎ澄ますことで――見えなくても、おおよその壁にぶつかるようなヘマはしない。

「ちょ、ちょっとリュノアっ」

洞窟を駆ける中、少し焦ったような声を響かせた。

僕は足を止めることなく、アイネに問い返す。

「どうしたの？」

「『どうしたの』――じゃ、ないでしょ!?　どうして、わ、私を、その……抱えたまま走ってるのよ!?」

アイネの疑問は、今の状況にあるらしい。

僕は洞窟内に入るやいなや、アイネの身体を抱えて——そのまま走ってきた。アイネの身体は軽く、抱えた状態であっても僕の速度が落ちるようなことはない。

「そのことか」

「な、なんでそんなに冷静なのよ……！」

「アイネ、今は一刻を争う事態であることに違いないだろう。僕は君の想いを汲んで、ここにきた。だから、ここからは僕の考えにも従ってほしい。正直に言えば、『今の状態が一番早い』」

「！」

僕の答えに、アイネは少し驚いた表情を浮かべた。そして、すぐに納得したように静かになる。——彼女も、すぐに理解したのだろう。

確かにアイネも、暗がりの洞窟を進む分には支障はないはずだ。

けれど、今の僕のように一切の迷いなく暗がりを走れるかと言われたら……おそらくは難しいだろう。速度についても、おそらくは僕の方が速くなる。

お互いに一緒に行動するのであれば、洞窟内という限定された場所においては、僕がアイネを抱えるのがもっとも効率よく、素早く行動ができると言えるだろう。

「だったら、抱える時に言いなさいよ」

「ごめん、説明している時間も惜しいと思ってね」

「それは――そうね。確かに、私にはこの暗い洞窟をリュノアみたいに速く走れないし……。というか、どうしてあんたは迷わずに進めるのよ？　何も見えないじゃない」

「ああ、何も見えないね。実際、僕も見ているわけじゃない。『感覚』で、そこに何があるか分かる……とでも言うべきかな。多少の灯りもあるし、もっと暗い洞窟も走ったことがあるよ。だから、これくらいなら何も問題はない」

「はあ……なんて言うか、私の知ってるリュノアよりも本当、随分と強くなってるのね」

感心しているのか呆れているのか分からないが、アイネはそう言いながら小さくため息を吐いた。

洞窟内は入り組んでいるようだが、進むべき道はわずかに照らされている。

僕はその照らされた道に沿って移動していく。ところどころ地面が濡れている感じがあり、勢いのままに踏み締めれば滑ってしまう可能性もあるだろう。

勢いを殺さず、アイネを抱えたまま、それでも僕に出せる全速力で駆けた。

するとしばらく進んだところで、小さな声が耳に届く。

「――」

「！　今の声って……」

「うん、人間ではないね。魔物、かな。まだ少し距離はあるみたいだけれど」

「先に言っておくけれど、魔物に遭遇したらすぐに私を下ろしなさいよね。ずっと抱きかかえたままなんてことは許さないわよ」

「それはさすがに分かっているよ」

「……約束よ？」

何を心配しているのだろう――そう思って、思わずくすりと笑みを浮かべてしまう。

今の暗がりなら、僕の表情も見えないから、怒られる心配はないだろう。

アイネの表情もうかがえないが、きっと彼女は少し納得のいかない怒った表情をしているのだろう。

そう思いながら、僕は『声』のした方向へと駆けた。

だんだんと声は近づいてきて、はっきりと聞こえるようになる。

「コォオオオオ……」

息を吐き出すような、そんな鳴き声。そいつは――狭い道を抜けたところで姿を現した。

突然、僕の目の前に『黒い影』が姿を現す。

暗闇でも、なにかが動いたことはすぐに分かった。反射的に身を屈めて、その一撃を回避する。

「わっ!?」

アイネが驚きの声を上げた。

僕はそのまま、低い姿勢で『黒い影』の後ろへと抜けていく。

「アイネ、下ろすよ」

「あ、ありがとう。今のが敵、よね?」

「ああ、おそらくは」

僕もアイネも、暗闇の中で敵の姿は確認できていない。

だが、何かがいることは分かる――魔物に違いないだろう。

先ほどとは打って変わって、今度は息を殺して魔物も動いていない。

どうやら、一撃を回避されたことで警戒しているようだ。

「闇に乗じて機を待つ――それくらいの知能はあるか。少し面倒だね」

「どうするの?」

アイネが背中合わせに問いかけてきた。互いに剣を構えて、背中を守り合う形だ。

今、ほとんど気配は感じられない。だが、ここにいることは分かっている。

ここは洞窟の中でも広い場所のようだ。仮にここから抜け出そうとすれば、すぐに僕には分かる。

だが、きっと魔物は逃げ出したりはしないだろう。

暗闇こそが、おそらくは魔物の狩場であり、自身の力を発揮できる場所。

故に、僕達を仕留めるならばここだろう。

「……」

「リュノア……？」

僕は構えを解いた。

それに気付いたのか、アイネが僕の名前を呼ぶ。

だが、僕は答えない。何も見えないのであれば、目を開いている必要もない。

脱力して、ただ『敵』が来るのを待つ。

僕の隙を狙うのであれば――この瞬間しかない。

「……コォ――」

吐き出した呼気と共に、気配がこちらに近づいてくるのが分かった。

僕はそれに合わせて、動きを決める。

「！　リュノア!?」

アイネの声が耳に届く。だが、振り返らない。

僕の見せた隙に、魔物が食いついたのだ。

魔物も、僕が動いたとしてももう攻撃を止めることはない。

右か、左か、上か、下か――どこから攻撃をしてくるのか、気配だけを察知して、僕は上に跳躍した。

「背中からか。なるほど、尻尾かなにかあるみたいだね」

僕は魔物の攻撃をかわした。

正面からではなく、背後からの一撃。互いに間合いに入ったからこそ、仕掛けたのだろう。暗闇というアドバンテージがありながら、さらに隙を突こうとするのは、悪くない判断だ。

だが、相手が悪い――隙を突こうとし続けるのは、すなわち本体はそれほど強くはないということを露呈させたようなもの。

「ふっ」

一呼吸と共に、剣を振り下ろす。

確かな手応えと共に、魔物の身体を引き裂いた感触があった。

そのまま着地し、再び地面を蹴って剣を振るう。

今の斬った感覚は、身体のどこかだ。呼吸や動く際の音から、首の位置はおおよそ特定できる。仕留めるのに最も有効なのは、首を刎《は》ねることだ。

サンッ、と乾いた音と共に、すぐに魔物の頭部が地面に落下する音が響く。

その身体も、音を立ててその場に崩れ去った。

「ふぅ」

僕は一息つく。おそらくこいつが、洞窟内に現れたという魔物だろう。暗闇でその姿はきちんと確認できないが、自分で斬ったから分かる。

今の一撃で、確実に仕留めた、と。

「ちょ、ちょっとリュノア！　どうなったのよ！」

アイネの困惑する声が響く。彼女には、今の状況が分かっていないのだろう。

「大丈夫だよ、魔物は仕留めた」

「へ？　も、もう倒したの――って、私また何もしてないんだけど⁉」

アイネが少し怒ったように言う。僕はくすりと笑い、

「まだ仕事が残ってるよ。行方不明の人を探さないと」

「！　そ、そうね……一先ず、見つけたら早く戻りましょう」

僕の言葉に、アイネもすぐに納得する。大きな問題はなく、魔物の討伐は完了した。

＊＊＊

「さあ、こちらに」

「あ、ああ……」

暗闇の中――隠れていた男性を発見し、僕とアイネで保護した。

魔物は音に敏感であったが、彼は魔物が出現したところよりもさらに奥地に姿を隠していた――それが、結果的に身の安全に繋がったのだろう。

探すのには少し手間取ったけれど、これで目標は達成された。

帰りについては急ぎではないため、アイネには後方の警戒に当たってもらっている。

「けれど、いきなり魔物が現れるなんて思ってもなかったな……」

「洞窟の中なら、いつだって警戒すべきことだとは思いますよ」

「そりゃあそうだが、あらかじめ洞窟の中の安全は確認してもらっていたんだ」

「別のところから入ってくる可能性だってあるわよ。一応、そこも含めて確認してもらった方がいいわ」

「そ、そうだな……」

アイネの言葉に、男性は頷く。

人間が思っているほど、魔物は単純ではない。先ほど僕が倒した魔物だって、暗闇に潜んで僕のことを狙っていた。

それが確実に勝てる手段だと分かっているからだ。

生半可な冒険者であれば、先ほどの魔物には勝てない可能性だって十分にあるだろう。

僕とアイネがここにいたのは、運がよかったとも言える。

しばらく進んでいくと、ようやく出口が見えてきた。

「お、おお……助かった……！」

「ここまで来ればもう安心ですね。アイネ――」

僕が振り返ると、アイネはその場に力なく座り込んでいるのが見えた。――すぐに、状況を理解して僕は彼女に駆け寄る。

「！　ど、どうしたんだ！」

「……だ、大丈夫。なんでもないわ。あなたは、先に外に出てて……」

「だが……」

「彼女の言う通りです。僕達は洞窟の中でももう少し魔物の警戒にあたります。外で息子さんが心配して待っていますから、早く」

「あ、ああ……。分かった。あんた達は命の恩人だし、礼がしたい。外で待ってるからな！」

そう言って、男性は洞窟の外へと向かっていく。

去っていく男性を見送ると、アイネは大きく息を吐いた。

「はあ……タイミング、悪すぎるんだけど……」

「いや、ある意味ではよかったと言えるよ。向かう途中でなっていたら、それこそ大変だった」

「それは、そうかもしれないけれど……」

アイネの呼吸が荒い。すでに僕も慣れてきたが、彼女は今――『発情』している。

戦闘中や、向かう途中でなかったのは運がいいと言えるだろう。

だが、今は外で人が待っている状態だ。

さすがに、この状態のアイネをそのまま外に連れ出せば……無用な心配を招いてしまうだろう。それに、発情状態である彼女をできれば、人目に晒したくはない。

「アイネ、悪いけれど……心配して彼らも戻ってくるかもしれない。ここですぐに済ませよう」

「こ、ここで……？　で、でも声とか……聞こえちゃうかもしれない、し……っ」

「これを噛んで声を押し殺してくれ」

僕は懐からハンカチを取り出す。

アイネは少し迷ったような仕草を見せるが、それを口に咥《くわ》えた。僕の提案に同意した、ということだろう。

ここは洞窟の入口からそれほど離れていない――それでも、明かりが届くぎりぎりの距離だ。

薄暗い洞窟の中、かろうじて見えるアイネの表情を見る。潤んだ瞳に、懇願するような視線を受けて……僕はそれでも平静を装う。

すぐに済ませる――言葉の通り、僕は手袋を外すと、そっと彼女の下着に手を伸ばした。

僕はゆっくりと、アイネの下着を下げていく。

僕の目にも、彼女の姿がうっすら確認できるくらいだが、脱がせた下着から糸のように伸びる愛液が目に入る。

発情してから、アイネの秘部はすぐに快感を求めるように濡れ始める。

けれど、彼女が自ら弄ったとしても、決してその身体が満たされることはない。

それはもはや呪いと言えるもので、だからこそ……僕が彼女の火照った身体を鎮めなければならなかった。

時間をかけている暇はあまりない。僕はすぐに濡れた秘部に触れる。

アイネの喘ぐ声が漏れた。ハンカチを噛ませていても、どうしても声はわずかに響いてしまう。

「んぅ……」

洞窟内に人がいれば——間違いなく聞こえてしまうだろう。

僕は優しく、彼女の秘部を中指で撫で上げる。

濡れていると言っても、まだ愛液がしっかりと浸透していないだろう。

だから、秘部の周囲の愛液で、僕の指を慣らしていく。軽く刺激も加えることで、アイネの快感を強めていく。

「んっ、ふぅ……！　ふぁ……んっ！」

軽く刺激しているだけで、アイネの声色はどんどん艶のあるものへと変わっていく。

いつもなら、ここでもっと優しく刺激を加えて、時間をかけて彼女に快感を与えていくのだけれど——生憎《あいにく》と、そんなに時間はかけられない。

指が十分に彼女の愛液に塗れた頃、僕は膣内へと指を滑らせた。

「んんっ！」

指先だけでも、アイネの身体が大きく震えたのが伝わってくる。膣内も十分に愛液で濡れていて、奥の方まで綺麗に指を挿れることができた。

いきなりの快感に驚いたのか、アイネは僕の腕を掴んでくる。

「ふぅ……ふぅ……」

小さく繰り返す呼吸が、耳に届く。

僕は空いているもう片方の手で、そっとアイネの手を取った。

彼女は抵抗することなく、それを受け入れる。お互いに指を交えるようにしながら、しっかりと握り合った。

暗闇の中で会話もなしに、僕のしたいことが伝わっているようだ。

「このまま手を握るから、頑張ってくれ。すぐに終わらせるよ」

「……ん」

小さな声で、アイネは答えてくれる。

僕は、指の腹で撫でるようにして、彼女の膣内を刺激した。

「んんんっ！　ふっ、ふぅ……っ！　んあっ！」

ぎゅっと、アイネが僕の手を強く握る。

それだけ、声を押し殺したままに刺激されるのはつらいということだろう。

いつもなら、彼女ができるだけ気持ちよくなれるよう刺激をしようと、考えて動かしている。

けれど、今は違う――気持ちよくさせるのは、今の彼女のためにはならない。

僕は僕自身の心を殺して、淡々とアイネがすぐにイケるように刺激を送る。

「ふっ、ぐっ、ん、ふぅ……ぁ……！　ふーっ、んふぅ……！」

アイネの呼吸が徐々に深く、激しいものになっていく。

暗い洞窟の中、だんだんと目が慣れてきた。

うっすらと見えるアイネの表情が視界に入る。僕の渡したハンカチを必死にかみしめながらも、とろんとした表情を浮かべている。

僕からは見えてないと思っているのだろう。普段、できるだけ感じているのを隠そうとする彼女が、暗闇だからこそ包み隠さずに、快感に身を任せようとしている姿が目に入ってしまったのだ。

思わず、ハンカチを取ってキスをしてしまいたくなる。今の彼女を見て、どこまでもいじらしいと思ってしまうのは、間違いだろうか。――けれど、僕がすべきことはそうじゃない。

できる限り早く彼女の発情を抑えるために、早くイカせようとする――矛盾しているようだが、僕はアイネの感じやすい場所を刺激する。

「ふっ、んっ、ふ、あっ！　ぁ、んっ、ん、くぅ……！」

奥から少し手前のところ——膣壁を少し強めに指の腹でこすると、僕の中指を彼女の膣が強く締めあげていくのが分かる。

強すぎる刺激に、身体が勝手に抵抗しようとしているのだろう。

僕の指の動きを止めようと締め上げてくる膣に対して、僕はそれでも動きを止めることはしない。

ただ決められたことを、当たり前のようにこなす——そんな作業のように、アイネに快感を送り続ける。

彼女の身体のことは、僕も毎日繰り返して分かってきているつもりだ。

もう、いつ絶頂を迎えてもおかしくはない。

僕はアイネの手を握り返す。

すると、アイネもまた、呼応するように僕の手を握る。

その瞬間——アイネの身体が大きく震えた。

「んっ、ふっ、あ——んんっ！」

びくんっ、と身体が跳ねるようになったのは、暗闇の中でもよく分かる。

そっと膣から指を抜き去ると、彼女の愛液で濡れた指が糸を引く。

もっとアイネに触れていたい——そんな感情に支配されるが、僕は懐から新しいハンカチを取り出すと、優しく彼女の秘部をふき取る。

「んっ、そ、そこは……じ、自分でやるから……」

口に咥えたハンカチを外して、アイネが言った。

だが、僕は首を横に振って答える。

「大丈夫、僕に任せてくれ。君は少しでも休んでいてほしい」

アイネは何も答えなかったが、沈黙したまま僕が秘部をふき取るのを受け入れてくれた。

洞窟内での発情は、滞りなく抑えることができたのだった。

＊＊＊

「かんぱーいっ！」

がやがやと騒がしい酒場にて、何度目かの乾杯の音頭が取られた。

酒場を貸し切っているのは洞窟にて魔石を採掘していた鉱夫達。

そんな中に、僕とアイネの姿はあった。

「いやぁ、兄ちゃん本当にすげえんだな。迷わず洞窟の中に入っていったと思ったら、すぐにあいつを助けちまってよ」

「魔物が一体しかいなかったので助かりました」

「アイネちゃんも若いのに、一緒に冒険者してるんだって？　すげえなぁ……」

「い、一応は」

僕もアイネも酔っぱらいの男達に囲われながら、その勢いに押されている状態であった。

洞窟から戻った後——どうしてもお礼がしたいと言われ、こうして共に酒場にやってくることになったのだ。

比較的穏やかな雰囲気のある温泉街にて、このように騒ぐ集団も中々いないだろう。

アイネの首元には、『件属の首輪』が付いたままだが、その点について触れようとする者はいなかった。彼らなりの気遣いなのかもしれない。

「本当に助かったぜ。ありがとうな」

そこにやってきたのは、洞窟内で助けた男と、その息子だった。

息子の方はアイネの下へと駆け寄ると、

「姉ちゃん、その……父ちゃんを助けてくれてありがとな」

そう、少し恥ずかしそうに言った。先ほどは父との再会もあってか、涙を流していてそれどころではなかったのだ。

ようやく、落ち着いてきたのだろう。

「当然のことをしたまでよ。でも、今度からああいう危険なことがあっても一人で洞窟に入ろうとしたらダメだからね？」

「うんっ！」

「さっ、冒険者の兄ちゃんもどんどん飲んでくれよな。ここは俺らの奢《おご》りだからよ！」

「あ、ありがとうございます」

次々と運ばれてくる料理と酒に気圧されながらも、リュノアは適度に楽しんでいた。

こうして大人数で飲んだりすることは滅多にないが、楽しんでいる人々を見るのは悪い気分じゃない。

ちらりとアイネの方を見ると、彼女もまた、笑みを浮かべていた。

ああ、よかった――そう、心の底から思えた。

あの時、アイネの身の安全を重視して考えていたら、きっとこうはならなかっただろう。

僕はアイネのことを守りたい……けれど、それはアイネさえ無事ならいいというわけでは、ひょっとしたらないのかもしれない。

アイネの人としての心も守るためには、きっと今のように――誰かのために戦うということが必要なのだろう。

僕は決して、善人にはなれないのは分かっている。あの時、アイネが気付かなければ——きっと僕は、彼らの下へは向かわなかったのだから。

「リュノア、大丈夫？」

「！　大丈夫って、なにがだい？」

「だって、結構飲んでるように見えるけど……あんた、お酒大丈夫なの？」

「お酒は確かに飲まない方だけど、意外と平気だね。アイネこそ、大丈夫なのか？」

「私も少しだけだから。でも、ちょっと身体が熱くなってきたわね……少し酔ったのかも」

そう言って、パタパタと手で顔を煽ぎ始めるアイネ。少し紅潮した頬と、わずかに汗ばんだ肌を見て、僕は先ほどのことを思い出していた。

洞窟での一件——今日はもう、彼女と行為に及ぶ必要はない。

それなのに、どうして『その時』のことを思い出すのだろう。

暗がりの中で行為に及ぶというシチュエーションは、とても煽情《せんじょう》的だったと、今の僕は考えてしまっている。

僕は今、洞窟の中で喘ぐのを必死に堪えていたアイネのことを思い出して、すごく魅力的だったと、考えてしまっているのだ。

……どうしてこんなことを。そう思いながら、ゆっくりと首を横に振る。

するとアイネがそっと僕の手を握った。

「……アイネ？」

「やっぱり、結構酔ってるでしょ？　手も熱いし……時間もいい感じだし、そろそろ抜け出さない？」

アイネにそう提案されて、僕は頷いた。

男達に軽く挨拶をし、未だに冷めやらぬ酒場をひっそりと後にして、僕とアイネは暗くなり始めた町中を歩く。

人は疎《まば》らだが、やはり観光地というだけあって賑わいを見せているところもある。

「リュノア……」

「ん、どうかした？」

小声で話しかけてくるアイネの方を、僕は見る。

何故か少し恥ずかしそうな表情をしているアイネに、僕は首を傾げた。

「その、手……握ったままだから」

「あ」

先ほど、酒場を出てからずっとそのままだったようだ。人前で、こんな風に手を繋いだまま歩くことなどなかった。

アイネはそれが恥ずかしいらしい。

僕はそんな姿を見て、思わずくすりと笑ってしまう。

「な、なにがおかしいのよ？」

「いや、今更町中で手を繋ぐだけで恥ずかしがるのかと思って」

「！　し、仕方ないじゃない！　誰も見ていないところなら、その……なにしたっていい、けど……」

歯切れ悪くアイネが言う。

僕とアイネはすでに一線を越えているというのに、人前で恋人らしく振舞うのは、どうにも慣れていなかった。

いつもの僕なら、ここで手を離しているところだろう。

けれど、不思議と今の僕は――彼女のことが可愛く見えて仕方がない。

だから、逆にアイネの手を握って、僕の方へと引き寄せる。

「ちょ、リュノア……？」

「アイネ。君は今、『誰も見ていないところなら、なにしたっていい』と言ったね？」

「え？　まあ、二人きりなら別に」

「それなら、宿に戻ってからしたいことがあるんだ」

「！　リュノアのしたいこと？　なにかしら？」

アイネは少し驚いた表情をしながらも、食い気味に聞いてくる。

僕はそんなアイネに対して、迷わずに答えた。

「すごくえっちがしたい気分だ」

「…………は？」

おそらく、アイネのここまで間の抜けた声を聞いたのは初めてかもしれない――けれど、僕はそんなことすら、気にしなかった。

＊＊＊

宿の部屋に戻ると、早々にアイネはリュノアによってベッドに押し倒される形となった。

だんだんと日が傾いて、夕焼けによって照らされるリュノアの顔はやはり火照っているように見える。

「リュ、リュノア？　一旦、お風呂に入って落ち着かない？」

努めて冷静に、アイネはリュノアに促した。

彼は間違いなく酔っている。普段はこんな積極的ではないし、アイネも今はそんな気分にはまだなっていない。そのはずなのに、押し倒されて、心臓はどんどん高鳴っている。

　風呂にでも入れば、リュノアも落ち着くのではないか——そう考えての提案であった。

「風呂……風呂か。終わってからでもいいんじゃないか？」

「お、終わってからって、何が？」

「分かっているだろ、そんなことは」

「ひゃっ!?」

リュノアはアイネに顔を近づけると、耳元で囁《ささや》くように言う。

思わず、可愛らしい声を漏らしてしまったアイネ。その気ではなかったのに、どんどんアイネの方がペースに飲まれていってしまっている。

このまま流されるのはまずい――そう判断したアイネは、なんとかベッドの上で身を捩《よじ》り、リュノアから距離を置こうとする。だが、

「どこに行くんだ、アイネ」

簡単に、リュノアによって引き戻されてしまう。

決して筋肉質とは言えない身体つきだが、何年も冒険者を続けている彼の身体は引き締まっていて、アイネのことを捕まえるくらいは容易なのだ。

「Ｓランク冒険者の僕から逃げられると思っているのか？」

（普段なら絶対に言わなそうなことを私に……!?）

リュノアは自らの立場を誇示しようとはしない。

わざわざそんなことを口にするくらいなのだから、リュノアが正常でないことは丸わかりであった。

「あ、あんたがさっきからおかしいからでしょ！　酔ってるわよね!?」

「酔っている……？　僕が？」

「そうよ。水でも飲んで落ち着きなさい」

「水はさっき飲んだし、今も冷静だ」

「冷静じゃないわ。普段なら絶対言わないようなこと――んっ!?」

アイネの抗議の声は、突然の口づけによって塞がれる。

あまりにも急だったために、アイネは反応が遅れてしまった。

リュノアを押しのけようとするが、行動する前に手を押さえつけられ、動きを封じられてしまう。こんなタイミングで、実力差を思いきり知らしめられることになるとは思ってもいなかった。

「んーっ、んーっ！」

必死に声を出そうとするが、中々リュノアは離れようとしてくれない。

どころか、彼の舌が口内にまで滑り込んできた。

「ん……っ！」

ぴくんっ、とわずかに身体が震える。

無理やりキスをされているはずなのに、嫌な気分どころか、どんどん気持ちよくなっている自分がいた。

（ダ、ダメよ……流されたら……！　こんな、勢いで、す、するなんて……）

毎日『行為』に及んでいると言われたらそれまでなのだが、アイネにとって『勢いでする』というのは、まだ認められるものではなかった。

リュノアが満足したのか、ゆっくりと離れていく。口元から唾液が糸のように伸びて、ぷつんと切れた。

「はぁ、はぁ……」

それほど長くされていたわけでもないのに、息が上がってしまっている。

キスをされただけで、興奮してしまっているのが分かった。

一方のリュノアは、表情は普段通りのまま。それがどこか悔しくなってしまう。

「あまり抵抗しなかったね」

「……っ、ふ、ふざけてると本当に怒るわよ!?」

「僕はふざけていない、本気だ。それに、君がさっき言ったじゃないか。『誰も見ていないところなら、なにしたっていい』って」

「そ、それは……そう、だけど……」

リュノアの言葉に、アイネは押し黙る。――確かに、アイネは先ほどそう答えてしまっていた。

リュノアは確かに酔っているが、どうしてこんな事態になってしまったかと言えば、元々の責任はアイネの発言にあったということを理解する。

判断力は落ちているのかもしれないが、リュノアからすれば『誘ったのはアイネの方』なのだ。

そうなってくると、アイネからリュノアを止める言葉が出てこなくなってしまう。

黙っていると、不意にリュノアのアイネを押さえつける力が弱まるのを感じた。

「確かに、僕は酔っているのかもしれないな。嫌がる君に無理やりなんて、するべきじゃなかった」

「あ……べ、別に嫌とかじゃなくて……っ」

アイネが慌てて弁明を始める。

「その、いきなりだったから動揺しちゃっただけなの。だから、リュノアとするのは、嫌じゃない、から。えっと……」

「じゃあ、続けていいってことかな？」

「え!?」

「やっぱりダメか……」

「い、いいわよ！　好きにしていいって！」

「アイネ、ありがとう」

アイネの言葉に、リュノアは優しげな微笑みを浮かべる。

アイネはベッドに横になったまま、リュノアの方を見ないように視線を逸らしていた。

彼がここまで積極的に『行為』に及ぼうとするのは、アイネからすれば初めてのことだ。

酔っている、というのがもちろん理由にあるだろう。

普段のリュノアであれば、アイネが拒絶すれば間違いなくそこで引き下がる。

だが、アイネはアイネで――リュノアからの誘いを強く拒むようなことはできなかった。

たとえ酔っていると分かっていても、リュノアの方から誘ってくるのなら、それを受け入れてしまう。

少なからず、アイネの方も『期待』をしていないと言えば、それは嘘になってしまうからだ。

リュノアは無言のまま、そっとアイネの身体に手を伸ばす。最初に触れたのは、太腿のあたりだった。

「ん……っ」

リュノアの手が触れただけで、アイネは思わず声を漏らしてしまう。彼の手は一見すると小さく見えるが、掌は剣を握り続けてきた男のしっかりとしたものだ。

そんなリュノアの手が、アイネの太腿を優しく撫でる。

絶妙な力加減で、まるで触れたら壊れてしまう物でも触っているかのように、リュノアは優しく、優しく触れてくる。

ピクリ、と思わず身体が反応してしまう。

リュノアはいつだって優しいが――いつもとは違う感覚があるのを、アイネは感じていた。

思わず、ちらりとリュノアの方に視線を送る。

視線が合って、アイネはドキリと心臓が高鳴るのを感じた。

リュノアの表情は真剣なもので、いつもの優しい雰囲気とはどこか少し違う。けれど、アイネからしてみれば――そのギャップがかっこよく見えてしまう。

アイネは再び、視線を逸らす。すると、

「アイネ、どうして目を逸らすんだ？」

そう、リュノアが問いかけてきた。

「だって……」

「だって？　なにかな？」

「その、恥ずかしい、から……」

「……恥ずかしい？　今はただ、君の太腿を撫でているだけだよ。別に恥ずかしいことなんてしていない——むしろ、いつもの方が激しいくらいだと思うけれど」

「そ、それは……あっ」

リュノアの言葉に答えようとすると、するりと彼の手がアイネの内腿の部分を撫でた。

くすぐったい感覚と、気持ちのいい感覚が同時にあって、アイネは思わず脚を閉じる。

それを見てか、くすりと笑うリュノアの声が聞こえ、アイネは睨《にら》むように視線を送った。

「……今の、わざとやったでしょ」

「アイネがこんなに敏感だとは思わなくてね」

「っ、べ、別に……ちょっと驚いただけよ」

「そうか。なら、続けても問題ないね？」

「……ん」

安い挑発だった。時折、リュノアがそういうことを言ってくるのは、アイネもよく知っている。それに乗ってしまう自分が悪い――そう思いながら、アイネは促されるままにゆっくりと脚を開く。

リュノアの手が再び自由になって、アイネの内腿を優しく撫でるように動き始めた。

先ほどよりも、敏感な部分に触れてくる。否が応でも身体は反応してしまうのだ。

「ふっ、ん……ふぅ……」

アイネはただ、声を押し殺して耐える。

いつもこうだ。気持ちいいのは間違いないのだが、それを声に出してしまうのが恥ずかしい。

だから、我慢をする。

（でも……）

結局、我慢しきれない。それもいつものことであり、アイネだって分かっている。

今だって、まだ触れられてからそれほど時間も経っていないというのに、すでに声は漏れてしまっているのだから。

リュノアの手は、内腿から徐々にアイネの下着の方へと手が伸びていく。

すでに、期待して濡れ始めてしまっているという事実を、知られるのは恥ずかしい。

けれど、アイネは拒むことなく受け入れる――つもりだったのだが、ふっとリュノアの手が離れる。

アイネが確認する前に、今度はリュノアの手が滑るように服の中に入り、お腹に触れる感覚があった。

「……？　――っ！」

どうやら、まだリュノアはアイネの秘部に触れるつもりはないらしい。何故か安心してしまう反面、危惧しているところもあった。

リュノアは酔っているせいもあってか、いつもよりいじわるな部分が顕著《けんちょ》に出ている。もしかしたら、焦らそうとしているのではないか――そう考えていると、リュノアの手はアイネの胸のところまで伸びてきた。

相変わらず、彼の手つきは優しく、撫でるような感じのままだ。乳首に触れるかと思えば、ゆっくりとなぞるようにへその方まで指が這う。

「んっ、あっ」

アイネが触れてほしいというところまでは、手が届かない。

リュノアがわざとそうしているのだと、確信するのにそう時間はかからなかった。

アイネの身体は、すでに触れられるたびにピクンッ、と反応してしまうほどに敏感になっていた。リュノアが上手いのか、それともアイネが敏感すぎるのか――おそらくどちらも間違っていないのだろう。

気付けば、自らの腕で顔を隠すようにして、アイネはただ身を任せていた。

「はっ、はっ、ん……っ」

呼吸はどんどんと荒くなっていく。きっと顔色も赤くなって、だらしない表情になってしまっているに違いない。

「ふぁ……!?」

不意に、アイネは声を漏らす。

リュノアの手が、アイネの乳首を掠めたのだ。見ないようにしていたのが仇となってしまい、ほんの少し指先が触れただけなのに、反応してしまう。

ちらりと、アイネは様子を窺うようにリュノアへと視線を向ける。

リュノアはふっと笑みを浮かべて、アイネのことを見ていた。それだけで、アイネはさらに顔が熱くなるのを感じる。

リュノアのいつもとは違う雰囲気が、きっとアイネの気分も変えてしまっているのだろう。

先ほどからずっと、『恥ずかしい』という気持ちでいっぱいだ。

普段なら、いつももっと恥ずかしいことだってしていないと言えば、嘘になる。

けれどそれは、いつだってアイネのタイミングに合わせてのことであった。

さらに、リュノアが追い打ちをかけるようにアイネの乳首を優しく指の腹で撫でる。

「ん、ぅ……ふっ、あっ」

少しだけ爪を立てるようにして、アイネの両方の乳首を、リュノアが引っ掻いた。

すでに感度の上がったアイネの身体は、指で刺激されるたびに震え、その刺激は下腹部の方に響いてくる。

もぞもぞと身体を動かして、その刺激を必死に紛らわせようとするが、無駄なことだった。

「やっ、そこ、ばっかり……だめっ」

「アイネはここ、弱いよね」

「弱くは、あっ、ない、けど……っ、ふ、んあっ」

リュノアに言われて否定するが、自分でも言っていて説得力がないと思ってしまう。乳輪を撫でられれば、ぞくぞくとした感覚が背中の方まで走ってくる。

リュノアは焦らすように乳輪を中指で撫でたかと思えば、不意に乳首を人差し指で弾く。

「……っ！」

アイネは思わず、腕で口元を押さえる。大きく声を上げそうになってしまったのを、ギリギリのところで堪えたのだ。

視界が少しぼやけているのは、目に少しだけ涙が溜まっているからかもしれない。

（私の身体って、こんなに弱かったの……？）

アイネはそんな疑問を、まるで他人事であるかのように考えていた。

このまま乳首を弄られ続ければ、きっとそれだけで達してしまう——それが分かっているからこそ、アイネはこれから訪れるだろう快楽に身震いした。

いつもの優しいリュノアであれば、アイネに対して無茶なことは決してしない。……けれど、今のリュノアはどうだろうか。

アイネの反応を楽しむような仕草を見せて、明らかにサディスティックな面が表に出てしまっている。

もちろん、普段のリュノアからその雰囲気を感じないわけではないが、今はもっと強く出ていると、アイネは感じていた。

今なら、アイネが本気で嫌がったとしても、止めてくれるのだろうか——そんな疑問が湧いてくる。

無理やりされるなんて、アイネからすればもちろん、絶対に嫌なことであった。

酔っていたとしても、リュノアならアイネが本気で拒絶すれば、きっと止めてくれるだろう。そう、アイネは信じている。

信じてはいるが、仮にリュノアがアイネの嫌がることを無理やりやってくるようなことがあるとすれば――

（私、何を、考えて……）

想像して、アイネは息を飲む。絶えず送られてくる、リュノアからの気持ちのいい刺激が、アイネの心を変にしてしまっているとしか、考えられない。

そうでなければ、リュノアに無理やりされて、『悦《よろこ》んでしまっている』自分の姿など、想像するはずもないからだ。

（嘘……そんなこと、絶対ない。ない、けど……もしかして、私も、リュノアと同じで、酔ってるのかも……）

こんなおかしなことを考えるなんて、きっとそうに違いない。

アイネは自身にそう言い聞かせて、それならば――今のリュノアと同じで、変なことを口走ったとしても、きっとおかしくはないはずだという考えに辿り着く。

アイネはようやく、自らの顔を隠していた腕を下ろして、リュノアの方をしっかりと見る。

「やっとこっちを見てくれたね、アイネ」

リュノアは嬉しそうにそう言って、アイネの頬に手を伸ばして、優しく触れた。

アイネもまた、そのリュノアの手を取って、少しだけ声を震わせながら言う。

「リュ、リュノアのしたいことって、これでいいの？」

「……アイネ？」

「も、元々は私が言ったことではあるし、リュノアのしたいこと……もっと、してもいいわよ？」

自分から好きにしてもいい——そう、アイネから口にした。してしまったからこそ、責任は取らなければならない。

リュノアはアイネの言葉を聞いて、一度は動きを止めたのだが、

「アイネ……そんなことを言われたら、僕はもう我慢できないよ」

そう言って、アイネの膝の裏を手で持ち上げるようにした。

「え——ひゃあ!?」

アイネは思わず驚いて声を上げる。脚を無理やり開かされるような形になって、アイネの大事なところが、下着越しでもしっかり濡れて透けているのがリュノアから見えている

だろう。

身体を撫でられただけでこれほどに感じてしまい、自らの秘部を濡らしてしまっているという事実には、きっといつまでも慣れることはないだろう。

今の姿も相まって、余計に顔が火照るのを感じると共に、興奮してしまっている自分もまた恥ずかしかった。

アイネは慌てて、リュノアに声をかける。

「リュ、リュノア！　まだ、下着が……」

「大丈夫だ。僕に任せてくれ」

いつも頼りがいのある言葉を言ってくれるリュノアだが、今のタイミングでは少し心配になってしまう。恥ずかしい格好のまま、アイネからかろうじて見えたのは――そそり立つ彼のペニスであった。

ごくりと、アイネは息を呑む。

リュノアは少しだけアイネの下着をずらすと、自らのペニスをアイネの秘部へと宛がった。

さすがにここまで来れば、アイネにだってリュノアがしようとしていることが分かる。服を脱ぐどころか下着すら脱がずに、着衣のままでセックスしようと言うのだ。

それが理解できた途端、アイネの胸の鼓動はさらに加速する。

すでにリュノアとは、何度も身体を重ねてきた——だと言うのに、リュノアの望むままに、着衣のまま行為に及ぶというのは、アイネからしてみれば初めての経験だ。

「アイネ、挿れるよ?」

「あ、う……す、好きにしていいって、言ったでしょ」

アイネは歯切れ悪く、けれどリュノアの問いかけにははっきりと答えた。

恥ずかしいから嫌だなんて、今更断れる状況にはない。

アイネの言葉を聞くや否や、リュノアはゆっくりとアイネの膣内へペニスを挿入していく。

「んっ、はっ……」

息を小さく吐き出して、アイネはリュノアのペニスを体内へと受け入れた。彼のペニスは、アイネの膣内にしっかりと納まっていく。

相変わらず、リュノアはアイネの脚を持ち上げたままで、上から見ればきっとアイネは無様にも見える格好をしているのかもしれない。

そんな自分の姿を想像してしまい——アイネの膣はきゅっと強く締まった。

「いつにも増して、締まりがいいね」

「……っ！　そ、そんなことない、から」

リュノアに指摘されて、咄嗟に否定する。否定したところで、身体は嘘を吐くことができない。

リュノアがそのまま、ゆっくりと腰を動かし始めた。

「あっ、くぅ……！」

脚が浮いている分、力が抜けてしまい、快感を逃がす方法がない。

膣内を擦るように動くリュノアのペニスから送られてくる快楽を直《じか》に身体に受けて、アイネは身体を震わせた。

膣内で動く感覚だけでも耐えられそうにないと言うのに、リュノアのペニスが奥まで入ってきて、軽く小突くように当たると、

「ふぁ、んあっ！　これ、きつ、いぃ……！」

アイネはすぐに弱音を吐いてしまう。

まだゆっくりとした動きだというのに、これほどまでに耐えられない快感が送られてくる。

もしも、このままリュノアの腰の動きが激しくなったら、どうなってしまうのだろう。

また想像して、アイネは余計に敏感になってしまう。

これから起こることを想像して気持ちよくなってしまうのが、アイネの悪い癖であった。どんどん自らを追い詰める結果となってしまうのだから。

「ふっ、下着もそのままだと……なるほど。擦れるから、僕の方もちょっとつらいかもしれない」

リュノアの方は、冷静にそんな言葉を口にした。

いつも行為に及ぶ時、アイネばかり乱れてしまって、リュノアの方は余裕そうに見える。

だから、アイネの方も余裕を見せたいとは思っていたのだが――もはや、そんなことを考える余裕すらなかった。

「あっ、あんっ、あっ、はぁ、リュ、ノアぁ」

彼の名を呼ぶと一層、腰の動きが早く、そしてだんだんと激しくなっていくのを身体で感じた。断続的に送られてくる快楽の波を受けて、アイネの身体は意思に反して絶頂へと近づいていく。

けれど、リュノアの方も限界が近いようだった。膣内を擦るペニスが強く脈打っているのが、身体を通して伝わってくる。

リュノアが奥を突くと同時に、アイネの身体はビクッと跳ねて、

「イッ――は、ぁ……」

呆気なく絶頂を迎えた。

そして、膣内に熱い感覚が広まっていくのを感じる。リュノアの射精したモノが、少し溢れて垂れる感じが腿のあたりにもあった。

「はっ……すごく、よかったよ、アイネ」

満足そうに言うリュノアに対して、アイネは脱力したまま頷く。

「うん、私も……気持ちよかった」

リュノアがシンプルに言葉にしてくれたから、アイネもそれに応えたのだ。

半ば無理やりされているような格好だったけれど、リュノア相手ならば――むしろ興奮してしまうのだと、アイネは改めて感じるのだった。

＊＊＊

暗い洞窟の中を、ルリエは一人歩いていた。

すでに日は沈んでおり、洞窟の中はおろか、外も暗闇に包まれている。

彼女は手に持った小さなランタンを頼りに、洞窟内を進んでいく。

ここは今日、魔物が出現したために封鎖された坑道の奥地だ。

「灯りがなければ何も見えないレベルですが、ここを真っ直ぐ突き進んでいったわけですか」

ルリエは感心するように頷く。整備された道ならばともかく、少し奥の方まで行けば、足場もまだしっかりとしていない。

こんな道を、リュノア・ステイラーという冒険者は迷うことなく進んでいったのだ。

「目印をつけておかないと、迷ってしまいそうですね」

カラカラと音を鳴らしながら、ルリエは手に握る槍の先端を地面にこすりつけるようにしながら歩く。削られた地面は、うっすらと赤色に光っていた。

しばらく進むと、ルリエはようやく目的のモノを発見する。

地面に倒れ伏した、首のない魔物だ。

ルリエは魔物を見下ろして目を細め、

「とても綺麗に首を落としていますね。素晴らしい」

そう、笑みを浮かべて言った。

ルリエが確かめたかったのは、リュノアが倒した魔物の状態だ。

視野が悪く、足場も満足とは言えない中、これほど魔物を綺麗に倒すなど、並大抵のことではない。

先ほど、町で見かけた彼は、傷一つ負っていなかった。

「これがSランクの冒険者――いえ、その中でも上位に位置する、と考えてもよいでしょう。それだけ分かれば、十分ですね。さてさて、あとはどうするか……」

ルリエは呟きながら、その場を後にする。

元々の目的は首輪をつけたアイネ・クロシンテの方であったが――彼女と共にいるリュノアという青年は、ルリエにとっては思わぬ『収穫』であった。

今後のことを考えながら、洞窟の中を歩いていく。

すでに、温泉では二人に遭遇している。偶然を装ってもう一度近づく――さすがに違和感があるだろう。

気付けば、ルリエは洞窟を抜け出して、三体の魔物に囲まれていた。

「コォオオオオオオオ……」

「あら、貴方達は……」

息を大きく吐き出しながら、ルリエを取り囲むのは黒い影。

先ほど洞窟内で確認した魔物と同じ種が、集まってきたのだ。

「中で死んでいる子を追ってきた……？　それとも、ここに来ざるを得ない理由が――っ！」

そこまで言って、ルリエは何か閃いた表情を見せる。

「ふふっ、そうですね。それがいいでしょう。相手は冒険者なんですもの。それが一番、手っ取り早い――」

「コォ――」

魔物の一体が、ルリエに向かって駆け出す。

瞬間、その首が刎ねられて宙を舞った。くるくると回転する首は、まだ自身に何が起こったのか、理解すらしていないだろう。

ルリエはその首を槍で貫いた。鮮血が流れ出し、槍先から伝うようにして、ルリエの手を赤く染める。

「……ッ！」

逃げ出そうとした一体に向かって、ルリエは槍を向けてその動きを停止させる。

残りの一体は、状況を理解できていないような様子であった。

ルリエはそんな魔物に対して、笑顔のままに言い放つ。

「あらあら、襲ってきたのはそちらなのに、逃げ出そうなんておかしな話ではないですか？」

ヒュンッと槍を振るうと、動けなくなった魔物の眼前まで、首が飛ぶ。

次の瞬間、自身の首も刎ねられるとは思ってもいなかっただろう。

あっという間に、三体のうち二体の魔物は葬り去られた。

完全に戦意喪失した魔物は、カタカタと震えながら、逃げ出すことも戦うこともしようとしない。

ルリエは槍を振るいながら鮮血を飛ばし、魔物の方へとゆっくりと近づいていく。

「来世では、人間を襲うような魔物になど生まれないことを祈りなさい」

ルリエが槍を振るい、三体目の魔物を葬り去った。

地面に槍を突き刺すと、ルリエはそっと山の方に視線を向ける。

「こんなところに出る魔物ではないですし、おそらくは元凶がいるのでしょう。ふふっ、なるべく急がないと……他にも厄介な人達が来てしまいそうですね」

ルリエはそう言って、洞窟の前を後にする。

そこに残されたのは、月明かりに照らされる首を失った三体の魔物達だけであった。

第三章

ラベイラ帝国は大陸において、北方の地の多くを支配する国である。

今でこそ『落ち着いた』と評される帝国は、ほんの数十年前までは、領土を拡大するために周辺各国への侵略を続けていた。

実際、今もなお小競り合いは続いており、帝国側へ迎合する小国も少なくはない。純粋な帝国の領土だけで見れば、確かに国家としては小さいと考えられる。

だが、今まさに大国と呼ばれる程に国家が成長しようとしているのだ。

そんな帝国の中心――帝都『ヴェルエン』にある宮殿に、ボロルド・ラベイラの姿があった。

若くしてこの国の皇帝となり、この国の統治者として君臨する王である。

自らも戦場に立つ武闘派であることでも知られ、前線に立つことはなくなったとはいえ、筋肉質な身体つきをしている。

金色の髪を束ね、同じような色の髭を撫でるようにしながら、ボロルドが見据えるのは、膝を突く一人の青年であった。

「シン、此度の件、弁明はあるのか？」

声音を低く問いかけたのは、ボロルドの隣に立つ青年――アークであった。

アークの問いに、シンはゆっくりと顔を上げる。

いずれも金の髪色をしているのは、彼らがボロルドの実子であり、皇子という立場にあることを示している。

その表情に焦りはなく、まるでアークの態度も意に介さないと言う様子であった。

それが、アークの神経を逆撫でする。

「貴様……どういうつもりだ？　俺の質問に答えろッ！」

「アーク」

「っ」

激昂するアークに向かって、ボロルドは一言その名を呼ぶ。

それだけで、アークは萎縮するような様子を見せた。

「この程度のことでそう声を荒らげるものではない」

「しかし……！」

「分かっておる。わしは『問わぬ』とは言っておらぬ。シン。わしはお前とアーク――それぞれにこの国において英雄と呼ばれる騎士達を貸しておる。四人ずつ……どれもそこらの凡庸《ぼんよう》な騎士とは一線を画す強者揃いだ。して……その強者達を短期間の間に二人も失った理由を、わしは聞いておるだけだ」

今、この場で問われているのは、二人目の息子であるシンの責任問題だった。

皇帝から借り受けた四人の英雄のうち、シンはわずかな間に二人も失っている。

その一人であるジグルデ・アーネルドは隣国の『ルンヴェリア王国』にて。もう一人のライゼル・ルーラーは、王国へと向かう途中の山間で、だ。

ライゼルと共に行動していたシアン・マカレフは大怪我を負ったが、シンに預けた『最後の英雄』が、彼女を助けて撤退をした。

問われているのは二名のみだが、シアンが負った傷も深く、騎士として復帰できるか分からない状態だ。

問われているのは死亡した二名のことだが、現状でシンは三名の英雄を失ったことになる。

「帝国は、彼ら英雄と呼ばれる騎士達の存在によって、支えられていると言っても過言ではない。無論、お前に貸している者だけが全てではないが……お前はこの国における『価値』を短い期間に失いすぎた。何をしたら、こんなことになる？　弁明はあるのか？」

ボロルドはシンへと問いかけた。

すると、ようやくシンが口を開く。

「彼らには、ある人物を追うように命令しておりました」

「ある人物？　何者だ？」

「はい。『騎士殺し』を行った罪人の女が一人、この国から逃げ出しましたので」

「……騎士殺し、だと？　貴様、まさか犯罪者一人を捕らえるために英雄を使い、二人も失ったと言うのか……!?」

シンの答えを聞いて、怒りの様相を隠せないのはアークだ。

シンはちらりと、アークに視線を向けるようにして、

「必要な犠牲でした」

と、一言だけ答えるに留まった。

それが、アークの逆鱗に触れることになる。

「必要な犠牲だと!?　たかが犯罪者一人のために、英雄と呼ばれた騎士を二人も失ったのだぞッ！　父上、即刻シンから騎士に対する全ての権限を剥奪すべきだ！　そうしなければ――」

「アーク……お前は黙っていろと言ったはずだ」

「……っ！」

ボロルドはアークへと怒りに満ちた視線を向けた。

それだけで、アークは臆した様子を見せて、押し黙る。

一方、ボロルドの様子を見ても、シンの方は怯える様子を見せない。

それどころか、彼の様子は冷静そのものであった。

ボロルドが一言命令すれば、簡単にシンの権限は全て失われる。

そんな状況であるというのに、余裕すら感じられる——アークがシンを糾弾《きゅうだん》しようとしていたはずなのに、むしろ追い詰められているのは、アークの方に見えるほどに、だ。

「……よかろう、話は分かった。此度の件、英雄達はシンに従い、行動をしただけのこと。シンもまた、帝国に仇なす犯罪者を追った——それであれば、罪に問うようなことは何もなかろう」

「っ!?」

シンを許す——ボロルドの決定に納得がいかないのはアークだろう。

だが、ボロルドが視線を向けるだけで、アークは口を噤《つぐ》む。

再びシンに視線を戻すと、深く頭《こうべ》を垂れる。

「ありがとうございます、父上」

「よい。ただし……闇雲に追って、これ以上の失態を繰り返すのではないぞ？」

「はい、肝に銘じておきます」

シンはそう答えてゆっくり立ち上がると、ボロルドとアークに背を向けて、その場を去っていった。

シンの姿が完全に見えなくなった後、声を荒らげたのは隣に立つアークであった。

「納得がいきません、父上っ！　何故、奴を許したのです!?　英雄騎士とは、それほどまでに軽い存在なのですか？」

「……いいや、そんなことはない。先も言ったであろう。この国の根幹を支える存在である、と」

「それであれば――」

「アーク、お前は……皇帝になるつもりはあるか？」

「……は？　何を突然……？」

ボロルドの問いかけに、面食らったような表情を見せるアーク。

そんな息子の姿を見て、ボロルドは大きくため息を吐いた。

「わしにはかつて、皇帝になるはずであった兄がいた。だが、わしはそんな兄を殺し――皇帝の座を奪い取った。お前達兄弟には、この話は聞かせたであろう」

「は、はい。その話はすでに……」

「ならば、わしの考えていることは、お前にも分かるであろう？　わしは、お前が兄だからといって――皇帝の座を明け渡すつもりなど更々ない。皇帝になるべくは……より強き者だ。力か、魔力か、知略か、戦力か、あるいは精神力か。今、戦力という点においては、アークとシンでは大きく差がついた。だが、精神力ではどうだ、ん？」

「……っ」

ボロルドの問いかけに、アークは答えない。答えられない――というのが正しいだろう。

先ほどの糾弾において、ボロルドに臆していたのはアークただ一人だからだ。

「理解できたのであれば、お前も下がれ。このままでは、どちらが皇帝になるか分からんぞ」

「……はい、父上」

アークは素直に頷《うなず》き、ボロルドの前から去っていく。

その背中に見えたのは、先ほどまで怯えた様子であった男ではなかった。

「わしにここまで言われても、なお成長できんのであれば、お前には見込みがない――そう言わざるを得なかったが、首の皮一枚繋がったな」

冷徹な視線を向けながら、ボロルドは言う。

二人の息子に、皇帝の座を争わせるように仕向けているのは――他でもない、この国の皇帝であるボロルド自身である。

それが、帝国をさらなる強国へと成長させるために必要なことだと、信じているからだ。

「それにしても、まさかシンの方が『化ける』とはな」

ボロルドはそう言って、口元を歪めるように笑みを浮かべた。

＊＊＊

『謁見の間』を後にしたシンは一人、人通りのない宮殿の廊下を歩いていた。

すでに日は沈み、外は暗くなっている。

シンは足を止めて、ちらりと昇る月を見た。

「英雄を二人も失い――その上、生き残った英雄の一人も、戦線復帰が叶うか分からない状態とは……追い詰められたわね？」

不意に声が届き、シンは視線をそちらに向けた。

そこに立っていたのは、黒いドレスに身を包んだ女性であった。長い黒髪に、目元には黒子《ほくろ》が一つ。妖艶な雰囲気を漂わせる彼女の名は、メルテラ・カーヴァン。

「そうだね。確かに私が使える英雄騎士は、あと一人になってしまったよ。けれど、君達がいるだろう？」

シンが笑みを浮かべて問いかけた。

すると、メルテラもまた楽しそうに笑い、

「ククッ、ハハッ……貴方でなければ、そんな他力本願な言葉を聞いた時点で、押しつぶしているところよ」

「だが、そうはならないだろう？　私が、君達を必要としているのだから」

「どこまでも、『傲慢』なことを言う人ね。いえ、もう『人』と言うのは少し違うのかしら？」

「いいや、合っているよ。私はシン・ラベイラ――この国の皇子であり、いずれは皇帝となる男だからね」

自信に満ち溢れた力強い言葉で、シンは言い放つ。

それは先ほどまで、謁見の間で冷静に受け答えをしていた青年の姿とは、また異なるものであった。

「そうは言うけれど、貴方が追い詰められている状況は変わらないのではなくて？　英雄を二人も失って、それでも逃げられているのは事実なのだから。一人は、『槍使い』だったかしら？」

「ああ、どうやら彼女も、私と同じモノを狙っているようだ。だから、最後の一人を向かわせることにしたよ」

「最後の一人？　もしかして、英雄騎士を全員使ってしまったの？」

「そうだ。私が使える最後の英雄――けれど、彼なら心配ないさ。何せ彼を殺せる人間なんて、この世界に数えるほどしかいないと思うよ？　ああ、君はその一人に数えられるだろうけれど」

「ククッ、騎士の心配なんてしていないわ。でも、手持ちの英雄を全部使ってしまうなんて、本当にどこまでも――」

「それが私だよ」

メルテラの言葉を遮って、シンは言い放った。

使える駒は全て使う。失敗するようであれば、それはただ使えないだけだった、ということだ。

「――やれやれ、皇子の期待に応えるのも騎士の務めってやつだよなぁ」

メルテラの後方からやってきた男が、ため息を吐きながらやってくる。

いつもは兜で顔を覆っているが、今日は外していて、整った顔立ちの青年の姿がそこにはあった。

シンは笑みを浮かべるが、メルテラはやや表情をしかめるようにして、

「あら、まだ行っていなかったの？　ダンテ・クレファーラ」

「これから向かうところなんだよ、『魔女』。テメエこそ、ここは王族と一部の騎士以外は立ち入っていい場所じゃねェ。死にたくなきゃさっさと失せな」

途端、ピリついた雰囲気が周囲を包む。

ダンテとメルテラは決して、友好的な関係ではなかった。

口調こそ悪いが、ダンテは帝国に忠誠を誓う騎士である。

一方、メルテラはあくまでシンと協力関係にあるというだけの存在――ダンテからすれば、信用ならないというのが正しいのだろう。

本当にここで殺し合いが起こってもおかしくはない状況であったが、メルテラの方が踵《きびす》を返す。

「それじゃあ、怖い騎士様に殺される前に退散するわね。またね、シン」

「ああ」

「おう、さっさと消えろ」

メルテラが去っていき、シンの前にはダンテだけが残る。

彼女の姿が消えるのを見送ると、ダンテはシンの方に向き直った。

「よぉ、別に皇子様が誰と組もうが、オレが何か言う立場にはねェと思ってる。だがな、あの女はどうにも好かねェぜ」

「人には相性があるものさ。私は君達二人とも信頼しているし、その信頼に応えてくれると思っているよ」

「そりゃあな。オレは本来、皇帝に仕える騎士だが、今の主はテメェだと命令を受けてる。オレにとって皇帝の命令は絶対だ。テメェが何をしようが従うし、今の主はテメェだからよ。それに、次期皇帝になるかもしれねェ男でもあるんだからな」

腕を組み、ダンテは上から目線で物を言う。

あるいは、これが兄であるアークであったのなら、「不敬だ！」と怒りを露《あら》わにしたかもしれない。

それが分かっているからこそ、ダンテはシンの方に与えられたのかもしれないが。

「ははっ、次期皇帝、か。なら、もう少し私を敬ってくれてもいいんだよ？」

「ハッ、敬うに値するかどうかは、これからだろ？　ま、どういう意図でアイネ・クロシンテを追ってるのか聞くつもりもねェが――奴らには一人、『槍の女』に二人やられちまったからには、オレがやるしかねェんだしな」

髪をかきながら、ダンテは言う。彼は皇帝であるボロルドに対しても、普段からこういう態度で接していた。

おそらく、後にも先にもボロルドにこんな態度を取れるのは、彼くらいだろう。

それを許容されるだけの活躍と強さが、ダンテにはあるのだ。

「頼んだよ、ダンテ。君のことをサポートしてくれるように、ある男に依頼しておいた。後で合流してくれ」

「期待してるって言う割には、用意周到じゃねェの。ま、用意してくれたってんなら、ありがたく使わせてもらうがよ」

ダンテはそう言うと、シンに背中を向けて歩き出した。

シンは再び、昇る月に視線を向ける。

「どうしてアイネを狙う、か。狙っているのは――彼女達の力だ」

そう、はっきりと言い放った。

＊＊＊

早朝――リュノアは軽い頭痛に、小さくため息を吐いた。

昨日のことは、朧気《おぼろげ》ながらも記憶にある。酔った勢いとはいえ、アイネに対して悪いことをした――アイネに起こされて、すぐに彼女に謝るつもりだった。

だが、目覚めてすぐに『発情』状態にあった彼女を静めることになり、現在に至っている。

ベッドの上では、すでに果てて息を荒くしたアイネが仰向けに倒れていた。下着は太腿の膝のあたりまで下げられたままで、半裸の状態になっている彼女の姿は、艶めかしい。

正直、昨日はかなり長時間、行為を続けたと言ってもいい。

それなのに、起きてすぐに発情させられたアイネは、かなり疲弊しているようだった。

僕は彼女の方を見ないようにして、椅子に腰掛ける。どう声を掛けたものか迷って、しばしの間静寂が部屋を包む。

「朝から、疲れたわ……。あまり調子もよくない気がするし」

先に口を開いたのは、アイネの方だった。声音を聞く限り、昨日のことを怒っているような様子はない。

僕も、いつもと同じように答える。

「僕も同感だ。ここは身体を休めるところなのにね」

「……特に昨日が疲れたわよ」

「それは、ごめん。ちょっと飲みすぎたのかもしれない」

「まさか、リュノアが飲みすぎるとあんな風になるなんて、思いもしなかったわよ」

「本当にごめん」

アイネから指摘され、僕はただ謝るしかなかった。

ただ、アイネからはやはり怒っている様子は感じられず、もぞもぞと、アイネがベッドの上で動いているのが視界に入った。

ちらりと視線を向けると、彼女は下着を穿いて身体を起こしていた。ベッドに座り込んだまま、アイネは脱力した状態で言う。

「今日は、部屋でゆっくりしましょうか」

「うん、それがいいと思う」

アイネの提案に、僕は迷うことなく頷いた。今日はそれがいいだろう——僕も、彼女に同じことを言うつもりだった。

僕の身体は疲労しているわけではないが、まだ完全にアルコールが抜けきっていないのかもしれない。軽い頭痛に悩まされるのは、久々の感覚だった。

たとえばこの状態で、仕事に支障が出ることはないが——僕とアイネは傷を癒すためにここにやってきたのだ。

わざわざ無理をする必要など、どこにもない。

「そうと決まったら、私はもう少し寝るから！」

アイネはバッとベッドに倒れ込むと、そのまま枕を抱えて横になる。

僕も、椅子にもたれ掛かるようにして、力を抜いた。天井を見上げるようにしながら、それとなく今後の事を考え始める。

はっきり言って、動く分にはほとんど支障はない。

もう二、三日ほど滞在したら、次の目的地を定めて動き始めるのもいいかもしれない。

最終的には、帝国の追手もやって来られないくらい遠い地を目指すことになるだろうか。

そうなると、故郷に帰ることはできなくなるかもしれない、
僕はアイネと一緒ならば、その選択をする覚悟はできている。

けれど、アイネの方はどうだろう――彼女は少なくとも、いずれは両親と顔を合わせたいと思っているはずだ。彼女が無事に、過ごせているということを伝えるために。

手紙などを使えば、下手すれば帝国側に見つかる可能性もある。

逃げ続ける生活というのは、終わりが見えないものなのだと――考えれば考えるほどその事実を突きつけられる形であった。

「ふぅ」

小さくため息を吐く。

アイネを危険な目に遭わせないようにするなら、やはりできるだけ帝国から距離を取るのが正解だろう。

どれだけ考えたところで、結論はそこに辿り着く。

それならば、一先ずはこの町を出たら隣の国の方へ――

「！」

コンコンッ、と部屋をノックする音が聞こえ、僕は身体を起こした。

まだ早い時間だが、宿の人間だろうか。

扉の前に二人、気配を感じる。すぐに、声が聞こえてきた。

「お客様、お目覚めになっておりますでしょうか？　お客様に会いたいという方がいらっしゃいまして」

「……客？」

宿の者ではあったが、どうやら僕に来客らしい。この町で知り合った相手といえば、昨日の鉱夫達くらいのものだが。

飲み会の途中で抜け出したから、心配してやってきたのだろうか。

「すぐに出るから、扉の前で待っていてもらえるかな？」

「承知しました。私は下におりますので、何かご入用があれば」

そう言って、宿の者は下がる。

僕は念のため、剣を鞘に納めたまま握り、扉をゆっくりと開く。そこに立っていたのは鉱夫ではなく——

「あなたは……」

「おはようございます。それと、昨日は道を教えていただき、ありがとうございました」

微笑みを浮かべて、修道服に身を包んだ女性——ルリエ・ハーヴェルトが、扉の前に立っていた。

僕は咄嗟《とっさ》に、腰に下げた剣の柄に手を触れる。

ルリエにはただ道を教えただけであったが、彼女の大きな棺桶を背負った姿は印象的で、記憶に新しい。

わざわざ僕の下を訪ねてきたともなれば、警戒するのは当然だろう。

ただ、今の彼女は昨日と同じように、棺桶を背負っているわけではなかった。

「早朝から申し訳ございません。実は貴方に直接、お願いしたいことがございまして、こうして足を運ばせていただきました」

「……僕に？」

「はい。わたくし、腕の立つ冒険者の方を探しておりまして……」

「僕のことを知っていたんですか？」

「いえ、昨日ご活躍だったと耳にしまして」

酒場で鉱夫達が騒いでいたために、目立っていたのは違いないだろう。

そこから聞いたのだとしたら、確かに僕のところへやってくるのも不思議ではない、か。

そんなに早く宿の場所を特定できるのか――そんな疑問も感じなくはないが。

「冒険者を探している、ということは……仕事の依頼ということですか？」

「ふふっ、お話が早くて助かります。『昨日の一件』にも関わりのあることになりますから」

「昨日、ですか。それはつまり、洞窟に魔物が出た一件に？」

「その通りです。詳しくお話をさせていただきたいのですが……」

ちらりと、ルリエの視線が部屋の奥の方へと向けられる。

中で仕事の話をしたい、ということなのだろう。

だが、アイネと僕は今日、休みにすると決めたばかりだ。

アイネもベッドで再び眠りに就いたばかり――それに、安易に冒険者としての仕事を受けるのもどうだろうか。僕は少しの時間考えて、

「……申し訳ないですが、今日は――」

「リュノア、誰か来たの？」

部屋の奥からアイネの声が聞こえ、彼女はこちらを覗くように姿を見せた。どうやら起こしてしまったらしい。

「！　あなたは……」

アイネもルリエの顔を見て気付いたようで、少し驚いた声を上げた。

対するルリエは落ち着いた様子で笑みを浮かべると、

「おはようございます、アイネさん」

「……えっと、リュノア、どういうこと？」

彼女の挨拶を無視して、アイネは怪訝《けげん》そうな表情を浮かべた。

僕に聞かれても――ということではあるが、一先ずアイネに説明する。

「僕も詳しくは話を聞いていない。けれど、ルリエさんは仕事の依頼をしたいらしい」

「……仕事？」

アイネはさらに警戒を強めるような仕草を見せる。

普段の彼女ならば、受け入れるかもしれないが――ルリエに対しては警戒心が強いのだろう。

僕もアイネとは同じ気持ちで、正直いきなり現れて、仕事の依頼をしたいと言われても困ってしまう。

少し話は逸れてしまったが、アイネの前で改めて断ろう。

そう思って話を切り出そうとした時、

「昨日も見ましたけれど、その首輪……」

「！」

僕は思わず驚いて、咄嗟に剣の柄を握る力を強める。

アイネも、ルリエの言葉に反応して首元を手で隠すような仕草を見せた。

だが、ルリエからは敵意は感じ取れない。彼女は目を細めて、アイネの首輪を確認すると、小さく頷いた。

「やはり、見覚えがありますね」

「アイネの首輪に、ですか？」

「ええ。お二人とも、主人と奴隷にしてはやけに仲がよさそうに見えましたが、もしかして……その首輪は誰かに着けられたもの、だとか？」

ルリエが確認するように、問いかけてくる。

アイネの首輪は、帝国の人間の手によって着けられたものだ。

最初から特殊なものであることは分かっていたが、アイネを取り戻そうとするくらいには『大事な物』であるということも分かっている。

そんな首輪を、ルリエはあたかも知っている、というような言い草をしていた。

「あの首輪について、何か知っているんですか？」

「ふふっ、わたくしの質問には答えてくださらないのですか？」

「……申し訳ないが、首輪のことについては僕達も詳しくはない。ただ、あなたが知っていることがあるのなら、教えてほしい」

「なるほど。それでしたら話は早いです」

パンッ、と両手を合わせるようにして、ルリエは言う。

「わたくしの依頼を受けてくださいませんか？　依頼料として、わたくしの『知ること』を全てお話致しましょう」

ルリエの提案は、『仕事を受ける報酬として、首輪に関する情報を渡す』ということだった。

だが、仕事を受けるにしては、あまりにその情報は曖昧なものだ。

それに、少なからずアイネの首輪について知っていることがあるのだとすれば、『敵』であるという可能性も捨てきれない。

僕はその提案を受けて、アイネに確認するように視線を送る。

アイネは無言で頷いて見せた。――判断は、僕に任せるということだろう。

第一に、ルリエが帝国の関係者であったとすれば、仕掛けるタイミングは『温泉で会った時』だろう。

今のように、わざわざ声を掛けて、仕事の依頼などはしてこないはずだ。

それも含めて『罠《わな》』という可能性もなくはないが、わざわざ大きな棺桶を背負った目立つ姿で、僕達の警戒心を煽る必要性はどこにもない。

ルリエがアイネの首輪を狙った敵である可能性は、低いと言えるだろう。

僕とアイネは、この首輪に関して知る情報があまりにも少なすぎる。

たとえ小さな情報だったとしても、話を聞けるのであれば――ルリエの依頼を受ける価値はあるだろう。

僕はそう結論づけて、ルリエの言葉に頷いた。

「分かりました。まずは仕事の内容について、確認させていただければ」

「ええ、もちろん」

僕はルリエを部屋へと招き入れて、彼女の依頼を受けることにした。

ルリエを部屋に迎え入れ、改めて僕達は彼女の仕事の話を聞くことにした。

部屋に入れはしたが、彼女はまだ信頼できる人物ではない——常に警戒だけは、怠らないようにする。

「それで、頼みたいことというのは？」

「はい。先ほどもお話しした通り、昨日の一件に関わることでもあります。リュノアさんが倒した魔物——あれは本来、この近辺で見られることのない魔物なのはお気付きですか？」

「そうですね。気配を殺して狩りをするタイプの魔物が、わざわざ人が多く活動している場所に出没したのは、少し違和感があるとは思っています」

「洞窟の奥にいたのであれば、人の前に姿を現すような真似はしないでしょうから。つまり、あの魔物は洞窟の外からやってきた可能性が高いと考えました。そこで、森の奥地を調査しまして……原因を突き止めました」

「！　原因はもう分かっている、と？」

「はい。結論から申し上げますと、おそらくは、『ドラゴン』の類かと」

ルリエの言葉に、僕は少し驚いた。

だが、同時にあり得ない話ではない——そう、納得する面もある。

あの魔物は、暗い場所での戦いは得意としているようだが、狭い空間での戦いには特化していないように感じた。

つまり、そもそも洞窟を生息地にするタイプではない、ということだ。

その違和感があったからこそ、ルリエの話があながち間違ってはいない、と思う。――より強力な魔物から、逃げるようにこちらへやってきたのだ、と。

「『ドラゴン』、ですか。仮にそれが真実だとすれば、魔物達が逃げ出して人里の方までさらにやってきてもおかしくはない、ですね。それに釣られて、ドラゴンがやってくる可能性もある」

「！　それなら、すぐに対応しないとまずいわね……」

「理解が早くて助かります。相手が竜ともなれば、冒険者でも実力のある者でなければ対応できない――そこで、貴方にご相談をさせていただいたわけです。リュノアさん、わたくしと共に森へ向かっていただけませんか？」

ルリエの依頼は、魔物――竜の討伐であった。

その姿を完全に見たわけではないと言うが、影を見た、らしい。ということは『空を飛んでいた』姿を目撃したのだろう。

飛翔できる魔物で、かつ遠くからでも視認できる魔物というと、やはり限られてくる。

鳥獣系の魔物の可能性もあるが、魔物達が逃げ出すほどの相手ならば十中八九、竜だろう。

以前、王都の方で仕事をいくつか受けた時に、『放浪竜』グランヴァリスがこの大陸にやってきた、という話を思い出す。

長い間、誰にも討伐されることなく、世界中を飛び回っている最強クラスの魔物だ。

もしも、相手がグランヴァリスであるのなら――それこそ、僕一人で対応し切れるか分からない。

「リュノア」

アイネの方を見て、名前を呼ぶ。

その表情は真剣で、すぐに何が言いたいのか分かった。

僕としても、どういう依頼であれ受けるつもりではあった。

ルリエは首輪のことを知っている可能性がある――報酬がその詳細であるのなら、受ける価値は十分にあった。

けれど、一つだけ気がかりなことがある。

「ルリエさん、あなたはここの温泉に寄るつもりで来たと言ってましたが、それがどうして僕達にドラゴンのことを？　魔物のことまで調べているなんて」

「ああ、そんなことですか。実はわたくし、以前にも同じような話を聞いたことがありまして。普段姿を現さない魔物が、人里の近くまで降りて来て、その理由が実はより強大な魔物が原因だった、という話です。何もなければいいと思ってはいましたが、やはりこうなってしまった以上は、見過ごすわけにもいかないでしょう」

確かに、ルリエの言う通りだ。過去にそういう事案があったということは、僕も聞いたことがある。

放っておけば、途轍もない被害が出る可能性もあるのだ。

「……分かりました。ですが、討伐するかどうかは、実際に姿を確認してからです。相手が本当に竜であるのなら、僕一人では対応できない可能性もある」

「はい、それで構いません。すぐに出られますか？」

「そのことなんですが……ルリエさんも一緒に向かわれるんですか？　方角さえ教えていただければ、僕の方で調査はできますが」

「わたくしのことなら、ご心配には及びません。こう見えて、それなりに『戦う』ことはできますので……。仮に戦闘になった場合、少しは支援させていただくことも可能かと思いますから」

「そうですか。分かりました――アイネ、準備を始めよう」

「ええ、分かったわ」

「それでは、わたくしは宿の外でお待ちしております。依頼を受けてくださり、ありがとうございます」

そう言って、ルリエは頭を深く下げて礼をした。礼儀正しく、物腰柔らかな彼女からは、敵意や悪意は感じられない。

一先ず、僕は警戒を緩めた。

「顔を上げてください。あくまで、僕は仕事として受けるだけですから。今回の報酬についてですが……『アイネの首輪についての情報』ということでいいでしょうか？」

「それはもちろん、受けてくださるのであれば、お話を致しましょう。では、また後ほど」

ルリエが部屋を出て行き、僕とアイネは早々に準備を始めた。

「休む予定だったのに、まさか竜を討伐しに行くことになるなんてね」

「そうね。でも、ルリエの話が本当なら、さすがに放っておくわけにもいかないでしょ。ここは観光地だし、他に腕の立つ冒険者を探してる時間もないかも」

「ああ。それに、彼女が首輪について本当に知っているのなら――僕達にとってもメリットのある話だ」

「ただ、昨日のインパクトがあって、ちょっと警戒しちゃうのよね。でっかい棺桶背負ってたじゃない……？　さすがに今日は背負ってなかったけど」

「その印象のせいで、少なくとも警戒すべき人物だとは思っている。首輪について知っているのなら、なおさらだ」

「警戒をするに越したことはないわね。幸い、今日はもう発情することもないし、私も万全な状態で戦えるわ」

アイネは笑みを浮かべて言う。朝の時点で発情を迎えたアイネは、少なくとも今日のうちは発情することはない。

相手が竜であるのなら、発情の危険を背負ったままのアイネを連れて行くのは憚《はばか》られるところであったが、少なくとも今回はその心配はなかった。

それでも、竜を相手取ることになるのなら――決して油断するわけにはいかない。

「どうあれ、本当に竜が町の近くにいるのなら、無理な戦いをするつもりはないよ。場合によっては、戦わずに逃げる必要もある」

「分かってるわよ。――というか、いつも無茶するのはあんたでしょうが！」

ピッと人差し指を向けられて、僕は思わず苦笑する。確かに、アイネの言う通りだった。

準備を終えて、僕とアイネは宿屋から出て、ルリエと合流する。

大きな棺桶を背負った彼女が、笑顔で僕達を迎えてくれた。

＊＊＊

町を出て、僕はアイネと共に依頼人――ルリエと三人で森の中を歩いていた。

ルリエが竜らしき影を見た、というのは森の奥地だという。空を飛ぶ姿なら、それほど近くでなくても確認はできるかもしれない。

だが、そのまま町の方まで飛んでこられてしまっては、それこそ大事になってしまうだろう。

僕一人でも対処が可能であると判断できれば、速やかに処理は行うつもりだ。

「……ねえ、リュノア。大丈夫、かしら？」

不意に、アイネが小声で話しかけてきた。彼女が何を心配しているのかは、僕にも分かる。

ちらりと後ろに視線を向けると、そこには笑顔のまま――大きな棺桶を背負ったルリエがいた。

まさか、宿の外に棺桶を置いたままにしていたとは、予想していなかった。

女性のルリエが大きな棺桶を背負っている、という事実も去ることながら、あまりに目立つインパクトのある姿——だが、それ故に敵ではない、とリュノアは考えている。

「まあ、こんな目立つ格好で帝国の刺客……ということは、やっぱりないと思う。僕らを襲うタイミングは、それこそ昨日の方が多かったくらいだ。わざわざ、自分の存在を覚えさせる必要もない」

「そうだけど……さすがに、あの棺桶は気になるじゃない……？」

「それは、うん。僕も気になってる」

「どうかされましたか？」

僕らの視線に気付いたのか、ルリエが不意に尋ねてきた。どうかしたのか——それを聞きたいのは僕らの方だけれど。

「昨日から気になっていたんだけれど、その棺桶は……？」

切り出したのはアイネだった。

問われたルリエは頷いて、棺桶に視線を向けながら答える。

「ああ、これには武器が入っています」

「武器……？　え、それって武器入れだったの……？」

「まさか、そういう用途だとは」

僕もアイネも、驚きを隠せない。棺桶の中に武器を隠している——否、隠すという表現は少し違うか。

何せ、アイネの質問に包み隠さず答えたのだから。

「実はわたくし、『カーファ教会』に所属するシスターでして。その中で『戦闘部門』を担当しております」

「！　カーファ教会って有名なところじゃない」

僕も名前くらいは聞いたことがある。

だが、僕は教会などを頼ったことはなく、そちら方面の話には疎い。町にはもちろん教会はあるが、それがカーファ教会のものなのか、までは知らなかった。

「アイネはそういうの、詳しいのか？」

「別に詳しいわけじゃないけど、カーファ教会と言えば、王国だけでなく帝国でも教会をいくつか構えていて、信者の数も多いわよ。騎士団の中にも結構いたもの」

「信仰の厚い方々のおかげで、今もカーファ教会は支えられております」

「教会なのに、戦闘部門なんてものがあるんですか？」

「それは私も気になってたわ。噂話程度にしか聞いたことがなかったけれど……」

「はい。別に隠しているわけではないのですが。カーファ教会はただ『信じていれば救いがある』というような教えを説くだけではありません。その『救い』を実行するために、教会では数名の『戦闘員』を用意しています。早い話、力で解決できることはわたくし達でやろう、というお話ですね」

ルリエは優しげな笑みを浮かべているが、言っていることは随分と物騒であった。

だが、彼女の言うことは理解できないわけではない。この世界には――たとえば魔法に精通しながら、犯罪に手を染める者が少なからず存在する。

名の知れた魔法犯罪者が、村一つを消滅させるような事件を起こしたことがあるという話を、僕も聞いたことがあった。

僕の仕事の依頼の中には、そう言った犯罪者を捕らえたり、始末したりするような依頼が来ないわけじゃない――教会という立場でも、そういった手合いを相手取るために、準備しているということだろう。

実際、この森の奥地ともなれば、魔物とてそれなりの強さがあるはずだ。

そこにルリエが足を踏み入れたというのなら、彼女自身が戦闘を可能にしていなければ説明がつかない。

教会の戦闘員――それが、ルリエという女性の正体というわけだ。

安心した、というわけではないが、包み隠さず自分の立場を話しているし、嘘を吐いているようにも見えない。

アイネも納得しているみたいだし、先ほどよりは警戒しなくていいのかもしれない。

「すみません、初めにお話ししておけばよかったかもしれませんね。この棺桶を背負った姿は警戒されてしまうので、それに加えて『教会の戦闘員』と言うと、余計に怖がる方も多いものでして……」

「そ、そうなのね。でも、棺桶を背負った姿でその説明がないと、やっぱり怪しいというか……そもそも、その棺桶って重くはないの？」

「ええ、慣れておりますから。ただ依頼をしてついていくだけでは足手まといにしかなりませんし、わたくしも戦闘となれば、お役に立つかと存じます」

「実際に戦うかどうかは、相手を見てからになりますが」

「それはもちろん、理解しております。それとリュノアさん——そんなに畏まった態度でなくてもいいですよ？　アイネさんとお話しする時のように話してくださって」

「——それなら、お言葉に甘えさせてもらうよ。どうやら、ここからは畏まっている場合でもないみたいだから」

リュノアは言葉と共に、周囲の異変を確認する。先ほどから、近くにいる魔物達の気配がおかしい。

襲ってくるわけでもなく、息を殺すようにして身を潜めている——明らかに、何かを恐れているようだった。魔物がこういった仕草を見せる場合、大抵は近くに強力な魔物が潜んでいることが多い。

おそらくは、この近辺にルリエの言っていた魔物がいる——それが、竜である可能性も大分高まってきた、というところだ。

「ここからは気配を殺して進もう。まずは、相手を見極める」

「分かったわ」

「承知しました」

敵の正体を探る——そのために、僕達は慎重に歩を進めた。身を屈めながら、草木に身を隠しながら進む。後ろからアイネとルリエがついてくるような形だったが、途中で二人を手で制し、一人で向かった。

「！」

少し抜けたところで、地面が抜け落ちて大きく空洞となった場所を見つける。陽の光で底まで確認することができるくらいの深さであったが、そこには確かに竜の姿があった。

距離はあるが、おおよその体長は分かる。十五メートルほどの巨躯。漆黒の鱗の隙間は赤色に時々輝くように見え、手足は大木のように太い。

僕は、その竜のことを知っていた。

「『黒虎竜』か」

顔は虎に似ているが、れっきとした竜である。実際に背中には大きな羽が生えており、今は目を瞑っているが、典型的な竜の特徴である大きく細い瞳を持っているはずだ。

一年ほど前に、何人かと協力して狩ったことがある――Aランクの冒険者であれば、十数名は最低でも必要になるような相手だ。

ただ、僕なら一人でも戦闘は十分に可能である。

「リュノア、見つけたの？」

少し後方から、確認するようなアイネの声が届く。

僕は頷いて、アイネとルリエを手招きで呼んだ。二人とも息を殺しながら、空洞に近づいていき、

「――っ！」

大きく反応したのは、アイネだった。身を震わせて、かろうじて声を上げそうになったところを、アイネは自らの口元を手で押さえて防ぐ。

僕は咄嗟に、彼女を優しく抱くような形になった。

「大丈夫だ。僕は『あれ』と一人で戦える。以前にも戦ったことがあるからね」

「ひ、一人でって……ダ、ダメよ。そこらの魔物とはレベルが、違うじゃない……っ」

アイネが怯える様子を見せるのも無理はない――『黒虎竜』は今、深い眠りに就いている。だが、眠っていても、周辺の魔物が怯えて息を殺すような存在感を放っているのだ。

実際に目にしたアイネが急に怯える様子を見せたのも、姿を確認したからだろう。

人間にも、危機を察知する能力が備わっていると聞く。『竜』と名の付く魔物であれば、本能的に戦ってはならない――そう、理解させられてしまうのだ。

僕も初めて相対した時は、さすがに怯えなかったと言えば嘘になる。

そう言う意味では、このくらいの相手にならば慣れてしまったのかもしれない。

もちろん、危険な相手であることに違いはないが。

「やはり、竜でしたか」

アイネに比べて、ルリエの反応は冷静だった。

本来であれば、アイネの反応が普通だ。

おそらくは、彼女は竜と何度か遭遇したことがあるのだろう。

むしろ、冷静過ぎるくらいで、ルリエが相当な実力者であることが窺える。

何度出くわしたところで、竜に対して緊張感を失くすことができない者だってたくさんいるくらいだ。

「リュノア、ここは相手の姿が確認できたんだから、戻るべきよ。あんたが戦えないって思っているわけじゃなくて。三人で相手をするには、さすがに分が悪いと思うの」

アイネは震えているが、それでも努めて冷静にそう言い放った。

確かに、アイネの言うことも一理ある。

竜の種類にもよるが、『黒虎竜』とは確かに僕一人でも戦える——だが、逃がさずにやれるか、となると話は別だ。

奴らは空を飛べるし、当たり前だが簡単に弱点を突けるほどの隙は見せてくれない。

それに、今のアイネがまともに動けるかどうかも怪しいところだ。

ルリエの実力については未知数——総合的に見れば、ここで戦う判断をすることは難しい。

「——わたくしが『黒虎竜』の動きを封じましょう」

不意に、ルリエがそう切り出した。

「動きを封じる……？　そういった類の魔法が使える、ということか？」

「そうですね。リュノアさん、貴方であれば、動きさえ止めてしまえば仕留めることは、十分に可能ではないですか？」

「……確かに、数秒でも動かないタイミングがあるのなら、致命傷を与えることは難しくはない。けれど、相手は竜だ。あのクラスの動きを止める魔法なんて……あなたは使えるのか？」

　いくら戦闘を得意としていると言っても、竜の動きを止めるレベルの魔法となれば――

それこそ、国中を探しても一人いるかいないか、というところだろう。

　単独でそれを行使できるというのであれば、ルリエは大魔導師と言っても過言ではない
存在になる。

「魔法、というと少し違いますが」

「魔法ではないというのなら、どういう方法で？」

「口頭で説明するより、見せた方が早いかもしれませんね」

　ルリエはそう言うと、不意に背負っていた棺桶を地面に下ろす。

　ギギギ、と音を立てながら棺が開くと、そこにはショートヘアの少女が眠りにつくよう
に目を瞑っていた。

　それを見て、僕もアイネも驚きを隠せない。

「な、人……!?　武器が入ってるって言ってたじゃない！」

「ええ、嘘は吐いておりませんよ。これに見覚えがあるかどうか、というところになりま
すが」

　ルリエは棺の中で眠る少女に手を伸ばす。

すると、少女の胸元に黒い穴が渦を巻いて出現し――その中から一本の『槍』を取り出した。

「っ！　槍が……！」

「まさか……」

「その反応を見るに、やはり貴方達も使えるご様子――これは『怠惰《たいだ》の魔槍』。そして、わたくしは魔槍使いです。わたくしが、アイネさんの首輪を『知っている』と言った理由、お分かりになりましたでしょうか？」

ルリエは変わらず優しげな笑みを浮かべながら、そう言い放った。

――『魔槍使い』。ルリエは今、自らそう名乗った。人間の身体から武器を取り出す、という行為は知っている。

以前に、僕とアイネの身に起こったことだからだ。

アイネの身体の中に魔剣を戻して以降、それを取り出す術《すべ》は分かっていないが、アイネが口にした言葉――『色欲《しきよく》の魔剣』という言葉は、記憶に新しい。

ルリエが手にしているのは『怠惰の魔槍』だという。関係がない、とは言えないだろう。

僕は警戒を強めて、腰に下げた剣を抜き去った。

「……僕らを誘い込んだのか？」

「その問いについては、確かに貴方達に用があったのは事実になります。ですが、今はわたくし達で争っている場合ではないのでは？」

ルリエは視線を、崖の下で眠る竜へと向けた。

僕はルリエから視線を外さないままに、アイネを庇うようにして前に立つ。

「どういうつもりで僕らに近づいた。あなたは、帝国の関係者なのか？」

「状況が状況ですので、まずは一つ――はっきりとさせておきましょう。わたくしは貴方達の言う帝国とは、敵対関係にあると言えます。だからと言って、貴方達の味方になるか、と言われると……それは今後次第、ということになりますね」

「それはどういう意味だ？」

「そうですね――では、アイネさん。貴女の剣を、わたくしの首元に当ててくださいますか？」

「な、何を言っているの？」

ルリエの思わぬ提案に、アイネは動揺した様子を見せる。

得体の知れない漆黒の槍をルリエが手に持っている以上、アイネを彼女の傍に近寄らせるつもりはない――そう考えていると、ルリエはまるで僕の考えを読んだかのように、少し離れた地面へと突き刺した。

「！」

「貴方達が警戒するのも分かります。実際、これを見せる以上は、すぐにでも戦闘になってもおかしくはない——そう考えておりましたから。ですが、先ほども申し上げた通り、今はあそこにいる『黒虎竜』を討伐するのがわたくしの依頼。わたくしが信頼できないのであれば、アイネさんにはいつでもわたくしの首を刎《は》ねることができるようにしていただければと思いまして」

ルリエの提案は、つまりアイネに自らの生殺与奪を握らせる、ということだ。

いくら彼女に実力があろうと、アイネが首元に剣をあてがった状態ならば、間違いなく殺せるだろう。

だが、ルリエはあらゆる意味で得体の知れない人物だ。そう思って警戒していたが、動きを見せたのはアイネだった。

剣を抜き去ると、アイネはルリエの首元に剣先を当てる。

その動きに一切の迷いはなく、僕の方が呆気に取られるくらいだった。

「どういうつもりか知らないけど……あの竜を倒す、っていう依頼は本当なのね？」

「ええ、その通りです。わたくしとしては、是非ともお二方に協力をいただきたく」

「さっきの話ぶりだと、その槍で竜の動きを止めるみたいだけど」

「そうですね、先にわたくしの『怠惰の魔槍』について説明致しましょうか。この槍の刃先を向けた相手の動きを封じる——射程距離は、丁度ここからあの竜に向かって、がギリギリのラインといったところでしょうか。時間もそれほど長くはありませんが、動きさえ止めれば、リュノアさんならば仕留められるのでしょう？」

ちらりと、ルリエが僕の方へ視線を向けて問いかけた。

確かに、近づけば間違いなく『黒虎竜』は目を覚ます。

そうなれば戦闘は避けられないが、本当にルリエの言う通りに動きが止められるのだとしたら、仕留めることは難しくはない。

だが、彼女の言う槍の能力がどこまで本当なのかも分からない。槍の能力について証明させる時間も、今はない。

「一撃とまでは言わないが、致命傷を与えることは可能だ」

「ならば、話は早いでしょう。もしもわたくしが下手な動きを見せれば、アイネさんはご自由にわたくしの首を刎ねてください。お二人ならば、わたくしを殺した後でも、あの黒虎竜の対処は可能でしょう？」

ルリエの提案に、僕は迷った。

竜を仕留めなければならないことは間違いない——彼女は今、自らの槍が持つ能力についても説明した。

ここまで回りくどく、僕らを誘う理由はないだろう。考えるに、ルリエが竜の討伐を僕らに依頼したいのは間違いない。

けれど、どうしても『怠惰の魔槍』――その保持者である、ということが気がかりだ。僕らの知らないことを、彼女は知っている。

僕が心配しているのは、彼女の傍にアイネを置いておくことだ。

アイネのことを信頼していないわけではない。それでも、今のやり取りだけでは不安感は拭えない――そう思っていたが、アイネが僕の方を振り返った。

「リュノア、私はあの竜を見て正直、臆したわ。でもね、相手が人間であれば話は別――下手な動きがあったら、私がこいつを何とかするから」

はっきりと、そう言い放った。

先ほど『黒虎竜』を見て怯えた様子だった彼女とは違う。

すぐに状況に順応し、どうすべきかを的確に判断している。

そこは、僕と違ってアイネの優れている点と言えるだろう。

今、対処すべきはルリエのことではなく、明確な脅威である『黒虎竜』ということだ。

アイネの言葉に僕は頷く。

「分かった。アイネがそう言うのなら、僕が奴を仕留めてくる。だから、ここは任せるよ」

「話は纏《まと》まったようですね。では、『黒虎竜』が目覚め次第、わたくしが刃先を向けて動きを静止させます。その後は、お任せしますね」

ルリエの言葉に頷き、僕は一人で崖を下っていく。

下まで降りると、さすがに『黒虎竜』の放つ存在感が目の前で感じられる——奴もまた、僕の存在を感じたのだろう。

ゆっくりと瞼《まぶた》を開き、その巨躯を起こした。

僕は視線をルリエの方へと向ける。

アイネに剣を首元にあてがわれたまま、ルリエは『黒虎竜』へと槍先を向けた。

瞬間、『黒虎竜』の動きに異変が見られる。起き上がろうとしていた身体が突如として脱力し、その場に倒れ伏したのだ。——ルリエの言った動きを封じる、というのは本当だった。

僕はそのタイミングを逃すことなく、地面を蹴って距離を詰める。狙うは大木よりも太い首——跳躍し、斬り上げるようにして一撃を叩きこんだ。

深く、骨まで達した感覚が分かる。

「グ、グォ……!?」

『黒虎竜』が目を見開き、声を上げる。何が起こったのか、まだ分かっていないだろう。

通常の魔物であれば、今の一撃でほとんどが死ぬ――だが、竜はそこらの魔物とは格が違う。

致命傷となる一撃を加えたにもかかわらず、『黒虎竜』は再び身体を起こし、僕の方に目を向けた。

ルリエの言った『止められる時間』というのは、確かにそこまで長くはないようだ。

致命傷は与えたが、まだ『黒虎竜』は動く。確実に仕留めるためには、もう一撃が必要だ。

「どうあれ、時間を掛けるつもりはない。次の一撃で、終わらせる」

僕は真っ直ぐ、『黒虎竜』を見据えた。奴もまた、僕に向かって大きな前足を踏み出そうとしたところで、

「ヒェアアアアアッ!」

『それ』は突如、上空からやってきた。雄叫びと共に、『黒虎竜』の頭部を思いきり踏みつけて、地面へとめり込ませる。

メキリッ、と骨の砕ける音が響き、一撃で『黒虎竜』が絶命したのが分かった。

全身鎧に身を包んだ人影は、全身を返り血で染めて叫ぶ。

「ようやく追いついたぜェ、『槍の女』！　それに、アイネ・クロシンテもいるじゃねぇか！　ひゃはっ、こりゃ上等だ。そんで、テメェは誰だ？」

「……それは僕の台詞だが」

突如やってきた男に対して、僕は剣先を向けて言った。

だが、説明されなくても分かる――こいつは、僕らの敵だ。

＊＊＊

ほんの数分前――リュノアが『黒虎竜』と戦うために下へと降り立ったあと。

アイネはルリエの首元に剣を当てたまま、静かにその様子を見守っていた。

リュノアに無茶をしてほしいとは思っていないが、アイネ自身は心の底では理解している。

相手が竜だろうと、リュノアが『戦える』と言ったのなら、それはきっと嘘ではない。

ただ、純粋に彼のことを心配して、この少人数で戦うことを避けるべき、と意見した。

実際のところ、三人で竜と戦うなど、無謀もいいところだ。

ルリエが、本当に竜の動きを止められるのならば、話は別だが。

「……本当に、あの竜の動きを止められるの？」

「ふふっ、今更それを確認するのですか？　貴女はすでに理解されていると思うのですが……」

「っ、何を……」

ルリエの言葉を、アイネは否定できなかった。

『色欲の魔剣』――その名を理解した時のように、アイネはルリエの持つ『怠惰の魔槍』を見て、その能力に嘘がないことを知っていたのだ。

見たこともない槍の能力を知っていて、だからこそルリエを警戒さえしていれば、あの竜も仕留めることが可能である、そう判断したのだから。

「貴女は正しい判断をなさいました。わたくしも、きっとそうして下さると考えたから、命を賭しているのです」

「……あんたの目的はなんなの？」

「そのお話は、こちらが片付いてからに致しましょう。さて、わたくしの役目を果たさねば」

ルリエはそう言うと、リュノアが対峙する『黒虎竜』に向かって槍の先端を向ける。瞬間、『黒虎竜』は脱力するように力を失い、倒れ伏した。――アイネが知っている通りの能力であり、ルリエは言葉通りの役割を果たしたのだ。

アイネにとっては、ただ気持ち悪い感覚しかない。どうして知らないはずの相手の力が分かるのか。

考えられる理由としては、やはり『性属の首輪』に関わること。ただ、アイネはこの首輪についても、結局詳しいことは何も知らない。

そういう意味では、ルリエが初めての大きな手掛かりと言えるだろう。

視線を下に向けると、リュノアが『黒虎竜』へ一撃を加え、対峙する。

『黒虎竜』もまた、致命傷を受けながらも大きな身体を起こした。

「ちょっと！　もう一度止められないの？」

「短い間隔で、連続しての使用はできませんよ。それに、厄介なのが来てしまったようですし」

「え――」

ルリエの言葉と共に、『何か』が落下してきたのを、アイネは視界に捉える。

衝撃音と共に、『黒虎竜』の頭部を砕いたのは、人だ。

「ようやく追いついたぜェ、『槍の女』！　それに、アイネ・クロシンテもいるじゃねぇか！」

「っ！」

聞こえてきたのは男の声。今、確かに『アイネ・クロシンテ』と口にした。

突如として現れた来訪者に、アイネはいち早く反応する。

天高くから降り立った男は、一撃で竜の頭部を粉砕し、殺した。その異常性をすぐに理解する。だが、

「アイネさん、お待ちを」

動こうとしたアイネのことを、ルリエは押さえつけるようにして制止した。

一瞬の隙を突かれ、アイネは動揺する。

「な、あんた……！　なんで止めるのよ！」

先ほどの男の口振りだと、ルリエのことも狙っているはず――だからルリエを抑えるよりも、リュノアに加勢する方がいい、と判断した。

そのはずなのに、ルリエはアイネのことを止めた。

やはり、彼女も敵なのか。睨《にら》むようにアイネは視線を向けるが、ルリエはどこか遠くを見据えるようにして、小さな声で呟《つぶや》く。

「――もう一人います」

「え？」

その言葉と共に、ルリエは行動に出た。気付くといつの間にか、浮遊する物体がいくつもアイネ達を取り囲むようにして姿を見せる。

ルリエが槍を振るい、それらを打ち落とす。

「これは、『魔道具』……!?」

「ええ、わたくし達を狙った物ですね」

「どういうことか説明――を、聞いている暇はない、みたいね」

アイネとルリエを襲おうとしたのは魔道具――少なくとも、下にいるリュノア達以外に人の気配は近くには感じられない。

つまり、ここからかなり離れた位置から、魔道具を操っている、ということになる。

ルリエが打ち落としたために、魔道具がどのような力を持っていたのか分からないが、見た目から判断するに、魔力を放出して攻撃するタイプのようだ。

こうした攻撃用の魔道具を使っている者を、アイネも見たことはある。

だが、やはり近くに操作している者がいないとなると――魔道具の使い手が普通ではない、ということはアイネもすぐに理解する。

「そうですね、少なくとも、わたくしは貴女達の敵ではありませんし、わたくしとしてもここで言い争いなどするつもりはありません。今は状況を整理しましょう。下にいる男の名はダンテ・クレファーラ——帝国の騎士です」

「！　ダンテ・クレファーラって、英雄騎士の一人じゃない……！」

以前にアイネを襲ったジグルデ・アーネルドと同じく、ラベイラ帝国に属する騎士。それも、英雄と呼ばれる者であり、アイネは出会ったことはないが——その名はよく知っている。

帝国において、ダンテは『最強の騎士』と呼ばれているからだ。

英雄と呼ばれる騎士は八人いるが、ダンテはその中でも群を抜いていると聞く。

実際、目の前で見せつけられた——リュノアが致命傷を与えたとはいえ、『黒虎竜』は健在だった。

その頭部を踏み潰し、粉砕するだけの攻撃力。それを実現するだけの力を、ダンテは持っているということだ。

「ダンテについて、説明は不要なようですね。彼の相手は、リュノアさんに一任したいと考えております。異論はございますか？」

「あるに決まってるでしょ。相手は帝国最強の騎士なのよ!?」

「リュノアさんの方が実力で劣ると？」

「っ、そうは言っていないわ。けれど……」

リュノアの実力を誰よりも知るのはアイネだ。

帝国最強と謳われた男相手だろうと引けを取ることはない――そうはっきりと言いたいところだが、だからと言って一人で戦わせるのは、話が別だ。

「リュノアさんに加勢しても構いません。ですが、貴女がダンテとの戦いに参加したとして、役に立つことができますか？」

「……っ、それは」

ルリエの問いに、アイネは答えることができない。

アイネは結局、ジグルデに勝つことができず、リュノアに救われている。

今、リュノアの前に立つ騎士――ダンテは、ジグルデよりも『上』の実力者だ。

その戦いを見たことはないが、確かにアイネが加わったところで、足手まといになる可能性は十分にある。

「なら、どうしろっていうのよ……？」

「貴女はここで待機を。わたくしが、もう一人を始末してきますので」

ルリエはそう言って、森の奥の方を静かに見据えた。

第四章

突如、目の前に現れた男は、ゆっくりとした動きで僕の前に立つ。

全身が鎧に覆われており、その様相はどこか『竜』を思わせるところがあった。

踏み砕いた『黒虎竜』の返り血に塗れながら、彼は確かに『アイネ・クロシンテ』と口にした。

アイネのことを知っていてやってきたのなら十中八九、帝国の関係者だろう。

ちらりと、僕はアイネ達の方に視線を向けた。

ここからでは姿が上手く確認できない。ひょっとしたら身を隠したのかもしれないが、
僕はすぐに目の前の男へと視線を戻す。

「ヒハッ、正解だぜェ！　あと少しでも視線を逸らしてたら、テメェの首は地面に転がってたぜ」

「……君は帝国の騎士、なのか？」

「オイオイ、オレが先に聞いてただろうがよ？　聞いてなかったのかよ——って言いたい

ところだが、オレはテメェのことは知ってるぜ。リュノア・ステイラー、冒険者のランクが『S』の凄腕剣士なんだってなァ？　強い奴は嫌いじゃないぜェ」

男は僕のことを知っていた――『ラベイラ帝国』の方まで、僕の名が知れ渡っていると は考えにくい。どこから情報を得たのか、そんな疑問にすぐ男は答えてくれた。

「何で知ってるのかって顔してんな？　理由は単純――テメェが殺したジグルデって男の『目』には魔法が仕込まれていてな。まあ、ジグルデに限ったことじゃねェが、テメェがジグルデと戦って勝ったことを、オレはもう知ってる」

「魔法、か。それが確認できたということは、君は帝国の騎士、ということで間違いないか」

「おっと、そうだな。騎士たる者、正々堂々名乗るのは大事だからよォ。名乗ってやるぜッ！　オレはラベイラ帝国所属の騎士、ダンテ・クレファーラ――人はオレを、『最強の騎士』と呼ぶぜ」

男――ダンテは帝国の騎士であった。

口調や雰囲気は騎士らしさを感じさせないが、僕がジグルデと戦ったことを魔法で確認した、と言っている。

ジグルデの遺体については、冒険者ギルドにその後の処理を任せていた。

どういう経緯か分からないが、目に魔法が仕込んであったというのなら、回収して確認したのだろう。つまり、帝国側はすでに僕がアイネを連れている、という事実を把握しているということだ。

すでに、彼らはアイネと共に僕のことも把握している。

ただ、今回は僕とアイネではなく、ルリエを追ってきたようだ。

ルリエについては、僕も詳しいことはまだ知らない。彼女には、確認しなければならないことがさらに増えてしまった。

けれど、今は目の前にいる『敵』の対処をしなければならない。

僕は剣先を向けて、構えを取る。

だが、臨戦態勢に入った僕に対して、ダンテは手を前に出して制止するような動きを見せた。

「オイオイ、そう慌てるんじゃねェ。オレは別に、テメェと戦いに来たわけじゃねェんだからよ」

「それはどういう意味だ？　君の狙いはアイネではない、と？」

「いや、オレの狙いは『槍の女』と『アイネ・クロシンテ』――そのことに違いはねェさ。ただよ、テメェが知ってるのか知らねえが……アイネ・クロシンテは帝国じゃ犯罪者だ。

『必要があるから連れ戻す』、それが上からの命令ってワケよ。だからよ、素直に引き渡せば、テメェと戦う必要はねェってことだ」

それは意外な提案であった。

ダンテは『槍の女』――ルリエとアイネのことを狙っている。

そして、僕がジグルデを倒した冒険者であり、アイネと共にいることも把握していた。

だが、ダンテは僕に『アイネを差し出せば見逃す』――そんな提案を持ち掛けているのだ。

ダンテはさらに、言葉を続ける。

「テメェがアイネにどういうこだわりがあるか、なんてのは知らねェ。だが、アイネはただの奴隷だ。この事実を踏まえた上で、テメェがオレと戦ってまで、アイネを守る必要はあるのか？」

「なるほど、言いたいことは理解した。だが、アイネは渡さない――それが僕の答えだ」

「へェ、こだわるってことか。すでに言ったが、オレは『最強の騎士』と呼ばれてる。テメェはジグルデを殺した――いや、正確にはアイネがトドメを刺したが、少なくともオレは、あの野郎よりは断然強いぜ？　命懸けで戦って、あの奴隷を守る価値があるってのか？」

「あるに決まってる。彼女は僕の幼馴染で、何より大切な人だ」

僕ははっきりと言い放つ。

ダンテにとって――いや、帝国側からすれば、アイネは犯罪者でただの奴隷、という扱いなのかもしれない。

だが、アイネに対して犯罪者という汚名を着せたのは彼らの方であり、奴隷にしたのもまた彼らだ。

さらに売り飛ばした上で、今更取り返そうなどと勝手が過ぎるだろう。

僕は絶対に、帝国にアイネを渡すようなことはしない。彼女を守ると誓ったのだから。

「――そういうことか。ヒハッ、そいつは悪かったなァ」

ダンテは僕の言葉を聞いて、そんな謝罪の言葉を口にする。

そして、目に見えるほどに強い魔力を身に纏《まと》い、構えを取った。

「テメェのそれは、『女を守る男』の目だ。嘘偽りがねェ。つまり、一切気を使ってやる必要なんてねェってわけだ！　テメェはアイネを守りたい、オレはアイネを連れていく――なら、差し出せなんて言うのが失礼ってもんだよなァ！　やるぜ、リュノア・ステイラーッ！」

言葉と共に、ダンテが駆け出した。それに呼応するように、僕も動く。

ダンテは勢いのままに真っ直ぐ、僕の方向へ。僕も、それに応じるように剣を構えて、わずかに踏み込んで剣を振るう。

ダンテの動きは確かに速いが、対応のできないレベルではない。

冷静に見極め、僕はダンテの首元を狙って一撃を振るう——キンッと金属の触れる音が耳に届く。

「っ！」

僕は驚きに目を見開いた。鎧に覆われているとはいえ、首元の部分は強度としては決して高くはないはず。それなのに僕の刃は通らずに、むしろ弾《はじ》かれてしまった。

「ヒャァッ！」

甲高い声を上げて、ダンテが腕を乱暴に振りまわす。

どこにも武器が見当たらなかったが、どうやらダンテの武器はその手甲に覆われた拳らしい。

振った腕から、魔力が刃のように飛び出して、巨大な魔物の『爪』のような衝撃波を生み出す。

僕は跳躍して、それを回避した。地面に着地するとすぐに構え直したが、ダンテが追い打ちをかける気配はない。

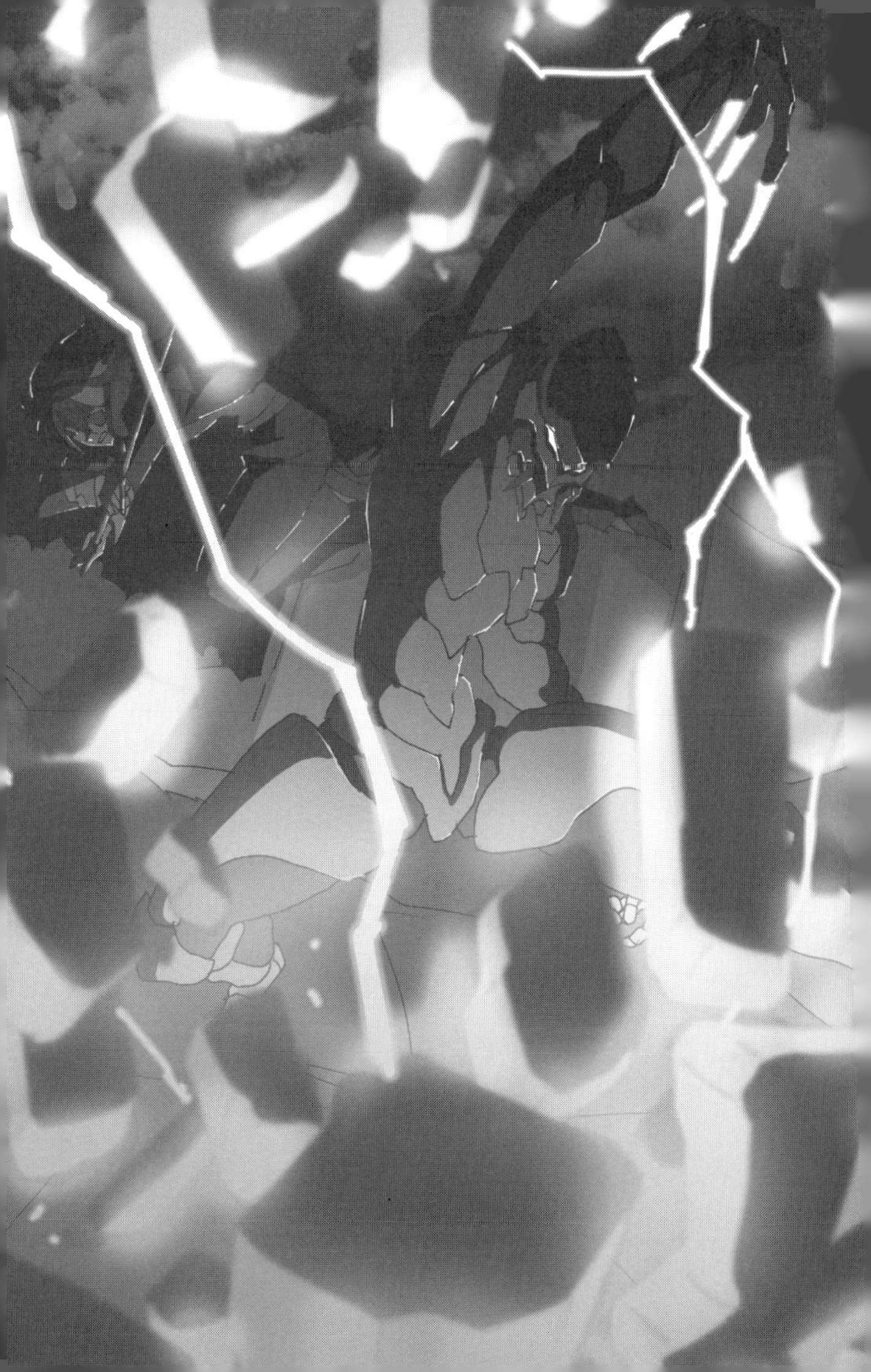

先ほどまでいた場所は、大きく抉《えぐ》られるように削れていた。単純に腕を振っただけでこの威力――ダンテの攻撃が、いかに驚異的であるかを物語っている。

だが、それ以上に問題なのは、僕の刃が通らなかったことだ。

「どうして刃が通らねェのか、そんな顔してんな？」

表情を窺うことはできないが、声色からして笑みを浮かべているのだろうか。

ダンテは自らの首元をトンッと叩くようにしながら言う。

「オレの鎧は、『堅牢竜』の鱗でできてるんだぜ」

「『堅牢竜』――その丈夫さ故に、加工することも難しいと言われてるらしいね」

その姿は、どちらかと言えばドラゴンの中でも亀などといった生物に近い見た目だと聞く。

鱗の頑強さが何よりの特徴で、『堅牢竜』の落とした鱗は、大きなハンマーで叩いたとしても全く変化することがない、とさえ言われている。

ジグルデもまた、同じようにドラゴンの素材を利用した武器を使っていたが、彼の場合は『鎧全て』ということだろう。

「その通り！　一つ作るのにもまあ、莫大な金がかかるっていう代物なわけよ。しかも、仮に作ったとして重量の問題と、それに最大のポテンシャルを引き出すことができる人間がいねェ」

「最大のポテンシャル？」

「名前の通りだぜ。堅牢――素材だけでも十分な強度を誇るが、生きていた頃のような頑丈な状態を維持するためには、とんでもねェ量の魔力が必要なのさ。まあ、五分十分動かすだけでも、並みの人間なら魔力が空っぽになっちまうってわけだな、オレの言いたいことが分かるか？」

ダンテはそう言うと同時に、僕との距離を瞬時に詰めた。今度は強く拳を握り、魔力を纏って振りかざす。

「オレはこの鎧を、一日中だろうと平気で扱えるんだぜッ！」

放たれた拳を、僕は刀身で防いだ。

だが、真正面から受ければ確実にへし折られる。

わずかに刀身をずらし、僕はダンテの攻撃を受け流した。

それでも脇腹部分に魔力の衝撃は打ち込まれたが、冷静に反撃に出る。

最初の一撃で、ダンテの鎧が頑丈なのは説明されなくても分かっている。

ならば、僕も魔力をより強く刀身に纏わせ、それを突破するだけだ。

そういう技術を磨き、僕は剣士としてここまでやってきたのだ。

「――オイオイ、聞いてなかったのかよ？　オレの鎧は頑丈なんだぜ」

僕の振るった刃は、再びダンテの首元を捉えた。

真っ直ぐ、確実に首を刎《は》ねたはずだったが、刃は彼の鎧に傷をつけることすらなく、ピタリと止められている。

目に見えて分かる尋常ではないほどの魔力を纏い、無理やりに僕の刃を防いだのだ。

そのままダンテは刃を握ると、力を込めてそれを砕く。

「二回、オレの首を捉える剣術は褒めてやる。だが、テメェはオレには勝てねェ」

ダンテが右腕を振るい、『魔力の爪』を繰り出した。

僕は後方へと跳ぶ。わずかに足を掠めたが、戦闘を続けるのには問題ないだろう。砕かれたのは刀身の先――まだ剣としてはかろうじて扱えるが、無駄にダンテに攻撃を仕掛けたところで、今度は刃の方が確実に砕かれてしまうだろう。

そうなると、下手に攻めたところで不利になる。

だが、持久戦に持ち込んだところで、ダンテの言うことが本当であるのなら、少なくとも一日近く、ダンテは今の状態を維持できるわけだ。

単純に強い――今まで戦った相手の中でも一、二を争う実力者であることは間違いない。

高い攻撃力に加え、刃を通すことのできない防御力。戦いにおいて、重要な要素を彼はどちらも持っていることになる。僕が彼を上回っているとすれば、機動力になるが――

「たとえばオレの魔力がなくなるまで逃げ続ける、そういう戦いも考えてるんだろ？　まあ、決め手がないならそうだろうな。どれだけ技術を磨こうが、『魔力』については生まれ持った純粋な才能だ。テメェの魔力じゃ、オレの魔力を超えられねェ。そしてェ！」

ダンテが駆け出し、再び僕との距離を詰める。確かに目で追うことができるし、決して速力において、ダンテに僕が劣っていることはない。だが、

「オレからいつまでも逃げ続けられると思うなよ!?」

言葉と共に、ダンテが連続で『魔力の爪』を繰り出した。

ダンテもまた、僕の動きを捉えている。回避はできているが、長時間の戦闘になれば、いずれはダンテの方が僕に攻撃を届かせるだろう。

すでに一部が砕かれた刀身では、防御に徹するのも難しい。

こうなると、いよいよ僕に必要となるのは『折れない剣』、ということになる。

脳裏に過るのは、アイネの体内にある『色欲の魔剣』だ。

しかし、あの魔剣については分からないことが多すぎる。使用した後の、アイネの変化についても気がかりだ。

闇雲に使うこともできない――そう考えていると、僕は視界に移動する影を捉える。

上方、駆けていくのはルリエだった。

さらにその後方から、もう一人移動する影がある。――アイネだ。

「アイネ……!?」

「ヒハッ、余所見《よそみ》してんじゃねェぞ！」

ダンテが跳躍し、両腕を思いきり交差させるようにして振るった。

周囲に生える草木を両断し、地面すらも抉る強烈な一撃。直撃していれば、今頃僕の身体は何分割にもされていたかもしれない。

「『槍の女』とアイネ・クロシンテがどこかに行きやがったか。まあ、あっちも気付いた頃だろうな」

「他にも仲間がいるのか」

「別に答えてやる義理はねェ――が、オレは騎士道精神っていうのは大事にしてるんだぜ。特別に答えてやる。オレともう一人、協力者がいるぜ。そいつはオレのように優しいとは限らねえけどな」

ダンテの言うことが本当であれば、彼の他に敵がいる。

ルリエとアイネはそれに気付いて移動した、ということだろう。

ルリエを完全に信じるわけにはいかないが、彼女は『黒虎竜』討伐の際に僕に力を貸し、今はダンテに狙われている身だ。彼女にとってもまた、対処しなければならない相手ということだろう。

「どのみち、持久戦に持ち込むわけにはいかなくなったね」

「ヒハッ、持久戦なんざ、やったところでテメェは逃がさねえっつったろうがよ。アイネを守るって言うならよ――さっさとオレを殺して、追いかけるしかねェぜ？」

これはおそらく、ダンテの挑発だ。アイネを守ることを目的としている以上、今の状況でアイネとルリエだけで行動をさせるのは、僕としては避けたいところだ。

だから、僕はあくまで冷静に答える。

「純粋に僕より強いかもしれない相手と戦うのは、久しぶりだ。いや、まともに戦えば、おそらく君の方が強いだろう」

世辞ではなく、純粋にそう思った。鎧がすごいのではなく、その鎧の力を最大限に引き出せる、ダンテの力量が抜きん出ている。

「それはオレの台詞だぜ。テメェは十分に強い。この鎧がなけりゃ、すでにオレを二回も殺してるんだからな」

「けれど、その鎧も含めて、君の才能みたいなものだ――だから、僕も持っている武器は、全て使うことにするよ」

僕は懐にしまっておいた『ある物』を握る。これは賭けだが、ダンテを今すぐに倒すのであれば、この方法しかないだろう。

次に僕が繰り出す一撃で、全てが決まる。

「まだ手があるってんなら、見せてもらおうじゃねェか！」

ダンテが構え、駆け出した。両腕を振り下ろせば、魔力の刃が折り重なるようにして向かってくる。

「そらそらそらァ！　どうしたァ、リュノア・ステイラーよォ！」

ダンテの猛攻を受け、僕はただ回避に徹していた。すでに彼の攻撃を受けられるほど、剣に耐久力はなく、次の一撃に賭けなければならない状況では、迂闊《うかつ》に手出しができない。

単純に全ての攻撃を回避できていれば問題はないのだが、やはりダンテは強い――繰り出される『魔力の爪』は徐々に服、皮膚、肉を抉り、確実に僕の命に届こうとしていた。

ダンテの動きは、決して隙の多いものではない。だが、僕の攻撃が届かないと、彼は思っている。一撃を狙う隙は、そこにあった。

「ここまで長くオレの攻撃を避けやがるとはなァ！　やっぱり、テメェは強い――だからこそ、惜しいぜ」

ダンテが腕を交差させ、強い魔力を身に纏う――轟音と共に、巨大な『魔力の爪』が繰り出された。

「テメェをここで、殺さなきゃならねェなんてな！」

「――僕も、正直ここまでまともに追い詰められたのは、久しぶりだ。君は帝国の騎士で敵だが、敬意を表する」

避け切れず、脇腹に深く一撃をもらった。

だが、完全に避け切れなくたっていい。僕の狙いは、ダンテとの距離を詰めることにあったのだから。大技を繰り出すこの瞬間を狙って、ダンテの上方に跳び――剣を突き出した。

カンッ、と金属のぶつかり合う音が響き、直後に僕の持つ剣の刀身が砕け散る。

ダンテの後方に着地して、僕はその場に膝を突いた。さすがに、受けた一撃は決して浅いものではなく、痛みが走る。

「せっかく、怪我もよくなっていたのに、またアイネに怒られるな」

「ヒハッ、『アイネに怒られる』？　テメェ、この状況でまだオレに勝つつもりとは、驚きだ。剣は砕け、テメェは深手を負い、オレは無傷だ。どう転んだって、テメェに勝ちはねェ――」

瞬間、ピキリッと何かが砕ける音が響き、ダンテが喋るのを止める。自らの首元に触れ、ダンテは自身の鎧が砕けて割れたことに気付いたようだ。

「……テメェ、何をした？　まさか、折れた剣から繰り出した一撃で、オレの鎧を破壊したってのか？」

表情は窺えないが、明らかに驚いた声音をしている。

ここまでダメージというダメージは全く与えられず、僕の方は随分と深手を負った。状況だけ見れば、明らかにダンテの方が有利――だが、たったの一撃でも、彼にとっては信じられないものだったのだろう。

「そんな芸当は、いくら剣術に優れていたとしたって無理だ。僕の力では君に傷を付けられないし、このまま戦っていれば、どのみち君に動きを見切られ、敗北していたかもしれない。だが。君に優れた鎧があるように、僕にだって他に武器はある」

「武器だと？　オレの鎧を砕けるような物を、テメェが持ってんのかよ？」

「ああ、ほんの欠片しか持ってないし、今ので一つ砕けてしまったが」

僕は懐から、先ほど使った物と同じ欠片を取り出す。それは、小さな金属の破片だ。

見た目だけで言えば、何の変哲もない物だが、僕の先ほど繰り出した一撃は、この破片をダンテの鎧にぶつけるためのものであった。

「何だ、そりゃ」

「『衝竜《しょうりゅう》』――その名を聞けば、分かるだろう」

「ジグルデの剣の素材……オイオイ、そういうことかよ」

僕の言葉を聞いて、ダンテも納得したようだ。

この破片は、僕が帝国の騎士――ジグルデ・アーネルドと戦った際に拾ったものだ。小さな破片だが、この一つ一つは魔力を込めれば振動し、物体を破壊する力を得る。

ダンテの鎧に対して、その破片を剣で打ち込んだのだ。当然、それは僕の剣にも伝わってしまい、刀身は完全に砕け散った。

今の一撃で、もしもダンテの鎧に傷一つ付かなければ、正直言って僕は負けていただろう。

だが、ジグルデの持っていた剣は、『破壊』という点においては非常に優れた性能を持ち、小さくてもその威力は十分だった。込めた魔力は僕の分だけでなく、攻撃を受ける際に溢れ出るダンテの魔力も注がれる――異常な魔力を持っているダンテのおかげで、かろうじて鎧の一部を破壊することに成功した、と言える。

ダンテの鎧は首元の部分が砕け散り、素肌が露《あら》わになっていた。

唯一、作り出すことのできた『突破口』だ。

ダンテは感心するように頷《うなず》き、

「……なるほどなァ。テメェ、マジでやりやがる。オレは三度目の攻撃を受けるつもりはなかったが、あえて捨て身で一撃を食らわせるつもりだったわけか」

「そうだね。上手くいってよかったよ」

「上手くいった——じゃねェだろ？　武器はもうねェのに、どうやってオレに勝つ？」

「剣はもうないが、僕にはまだこれがある」

僕は懐から、一本の短剣を取り出す。それは戦闘用ではなく、魔物の素材を剥いだりする際に使用する物だ。刀身は短く、この短剣だけで戦闘を続けるのは難しい。

だが、一撃届かせるだけなら、これ一本で十分だ。

「ヒハ——ヒャハハハハハッ！　久々に楽しい戦いだぜ、こりゃ。確かに、首にぶっ刺せば殺せるだろうな。そんで、テメェはそれをやるってわけだ？」

「ああ、当然だ。もう一度、君に一撃を届かせる」

「たいした野郎だぜ。だが、女のために命を懸けられる男は、嫌いじゃねえ。そうだな……今のオレが悪役で、テメェは正義の味方ってところか？　ただ、オレは正義の味方じゃなくて『騎士』だからよ、悪役だって構わねェ。『今』の主が望むことをするだけさ」

ダンテは、今までにないくらい低く構える。片方の腕を地面に突き、もう片方の腕は高く掲げた。

おそらく、彼は必殺の一撃を繰り出してくる。

僕は短剣に手をかざすようにして、動きを止めた。

「いくぜ、リュノア・ステイラー」

「来い、ダンテ・クレファーラ」

動き出したのは、ほとんど同時だった。

ダンテは身体を捻りながら、瞬時に僕との距離を詰める。低く構え、地面を蹴り出したダンテの動きは、今までとは違い『速さ』に特化したものだ。

すでに怪我をした僕に対して、速さで勝負を仕掛けるのは、間違った選択ではない。

だが、ダンテの動きはまだ――僕には追えている。

互いに繰り出した一撃。僕はその場からほとんど動かず、ダンテは僕の後方へと勢いよく駆け抜けた。

僕がダンテの方を向くと、彼は空を見上げていた。

「あー、マジで……なんでだろうな？　すげえ、達成感があるぜ。テメェに負けて、これから死ぬってのにな」

喉元から鮮血が噴き出し、ダンテはその場に倒れ伏す。

勝負は一瞬。すれ違い様の一撃が命運を分けた。

本当にギリギリだったが、僕の勝利だ。――僕はダンテの下へと、ゆっくりと近づいていく。

ダンテはうつ伏せであったが、僕の気配を感じてか、ゴロンと身体を回転させて仰向けになった。首元からとめどなく血が溢れ出し、それが致命傷であることは誰が見ても明らかだ。

「そう、警戒すんなよ。紛れもなく、テメェの勝ちだ。もう、まともに動くこともできねえよ」

「ああ、僕の勝ちだ――紙一重だったけれど」

僕は、胸元にできた傷に触れる。ダンテの鎧を破壊できた部分――首を狙うには、今まで以上にギリギリの回避が必要だった。

それこそ、刺し違える覚悟を持っていなければできないほどに、だ。

「あとほんの少し、君の攻撃が早く届いていたなら、結果は逆になっていただろう」

「ヒハッ、『逆になった』なんて仮定の話は、必要ねえさ。結果が全て、だ。オレはテメェに負けた――それ以外の事実なんて、ねえよ」

「……そうだね。けれど、君に剣を壊されて、深手も負わされてしまった。もう一人の敵のところにも、急がないといけないというのに」

「だったらよぉ、オレに話しかけてないで、さっさと行きやがれ。オレはもうじき死ぬ――それとも、このオレにトドメを刺すつもり、か？」

「……僕は慎重でね。万に一つ、君が生き延びて襲ってくる可能性も、考えていないわけじゃない」

確実なトドメを刺しておきたい、という気持ちはある。

ただ、ダンテは今までの敵とは違い正々堂々、真っ直ぐとした男だった。

だからなのか、少しだけ彼と話をしてみたかったのだ。

すぐにでも、アイネを追いかけなければならないことは分かっているのだが。

「テメェはアイネを守るために、オレと戦ったんだろ？　だったら、さっさといけ。この傷で、生き延びることはあり得ねえさ。死んだふりをして生き延びるような、恥を晒す真似はしねぇ」

「確かに、君はそういうタイプじゃないみたいだ。さっきの戦いで、何となく理解したよ」

「ヒハッ、オレは騎士だから、な――コフッ」

言葉と共に、ダンテは口から血を吐き出す。もう間もなく、彼は死ぬ――ひょっとしたら、何か帝国に関する情報を手に入れることができるかもしれない。そんな考えも、少しだけあった。

わずかな沈黙の後、僕はダンテに問いかける。

「何か、言い残すことはあるか？」

やはり、ダンテは帝国の騎士だ——正々堂々と戦うことを至上としていたが、自身の主にとって不利になることはおそらく、話さないだろう。

だから、死にゆくダンテの最期の言葉を、ただ聞いておこうと思った。

「そう、だな。オレには一人、弟がいる。そいつに会うことがあったら、まあ、仲良くしてやってくれよ。……ハッ、これじゃ、最期の言葉ってより、願いだな」

「弟？　帝国にいるのか？」

「ヒハッ、どこにいるんだか……知らねェけどよ。ま、いいさ。互いにどうなってるかも分かってねえんだからよ。オレのことより——テメェはオレに、勝ったんだ。アイネのことは、必ず、守り抜け、よ」

ダンテは最期の力を振り絞り、僕を真っ直ぐに指差す。

やがて、脱力して動かなくなった。——ダンテ・クレファーラは死んだ。

「っ、はぁ、くそ……っ」

緊張の糸が解けるように、僕はその場に座り込む。

ダンテに言われなくても、分かっている。

アイネのことはすぐにでも追いかけたい——だが、ダンテから受けた傷の影響で、今はまともに動ける状態になかった。

ダンテが事切れるまで隙を見せるつもりはなかったが、ここまで追い詰められることになるとは。

「……僕もまだまだ、か」

傷を押さえながら、ゆっくりと立ち上がる。

ダンテは武器らしい武器を持っていない——現状は、彼を仕留めた短剣だけが、僕の武器だ。

だが、アイネはルリエと共に、もう一人の敵の下へと向かっている。

ルリエは確かに魔物を討つことに協力したが、ダンテに追われていたことといい、隠していることは多いだろう。

だから、このまま二人で行動させておくわけにはいかない。

「……とはいえ、途中で倒れてしまっては、元も子もないか」

出血の止まらない傷口に触れながら、僕は小さくため息を吐いた。あまり気は進まないが、急ぎ傷口を塞いで向かうのなら、やるしかないだろう。

僕は近場にある『よく燃えそうな物』を探し始めた。

＊＊＊

アイネはルリエを追って、森の中を駆けていた。

もはや道という道すらなく、草木によって行く手を阻まれるが、ルリエはそれを槍で振り払いながら進み続ける。

（あんな大きい棺桶背負ったまま、何て素早い動きなの！　でも、追いつけないスピードじゃない……！）

アイネとて、帝国の騎士として活動してきた実績がある。

それに、幼い頃から鍛えてきたのだ――多少足場が悪い程度で、アイネの動きが落ちることはなかった。

ちらりと、わずかにルリエがアイネの方を振り向くように視線を向ける。

すると、だんだんとアイネがルリエへと近づいていく。

ルリエの方が、アイネの移動に合わせてくれているようだった。

「待っているように、と言ったはずですが」

「もう一人、敵がいるっていうなら、あんた一人に任せてはおけないわ。それに、リュノアにも任されてるから」

「貴女が任されたのは、ドラゴンを討つまでのわたくしの監視だと思うのですが――まあ、いいでしょう。来てしまった以上は仕方ありませんから」

「偉そうにしないでよ。あんたが追ってた相手はリュノアが戦ってるし、もう一人だって、あんたのことを追ってきたんでしょ？」

「それは否定しません――が、どのみち、彼らは貴女も含めて狙っているようですから。それに、リュノアさんのことを心配して残られるものかと思いまして」

「……心配はしてるわよ。でも、ドラゴンの時もそうだけど、あの場でわたしが残っても、たぶん役に立てないから。それなら、あんたと一緒に行動した方がいいと判断した。それだけよ」

リュノアの下を離れれば、彼のことを心配させてしまうことは分かっている。

けれど、ドラゴンとの戦いもそうだが――リュノアの強さのレベルに、やはりアイネは追いつけない。

リュノアに無理をしてほしいとは思っていないが、アイネはリュノアが負けるとは一切、考えていなかった。

幾度となく、アイネの事を守るために戦ってくれたのだから。

「……もう一人、敵がいるっていうなら、リュノアの邪魔にならないように、そいつを倒すのが今のわたしの役目ってこと。それに、あんたのこと、完全に味方だとは思っていないけど……『敵の敵は味方』とも言うでしょ？」

「現段階において、わたくしは貴女方の敵ではないと、改めて伝えておきましょう。わたくしとしては、是非とも協力し合いたいものですから」

「初めからそのつもりで近づいたってこと？」

「その通り。ですが、今は詳しく話している暇はやはり――ないようですね」

瞬間、ルリエが前に大きく跳んだ。

上方にいくつか見えたのは、先ほどルリエとアイネの前に現れた、飛翔する魔道具。筒状のそれは、魔力を噴出することで飛翔する能力を持っているようだ。

さらに、筒状の先端が光を放つと、そこから『魔力による光線』を撃ち出す。

ルリエは槍の先端で弾きながら、魔道具を叩き落とす。

いくつか、ルリエの方を向く魔道具の姿がアイネの目には映っていた。

四足歩行の虫型とでも言うべきか、木々にしがみつきながら、同じように筒状の先端から光を放っている。

「ふっ――」

アイネは地面を蹴ると同時に、少し高めの場所にある枝に着地。さらに蹴り上げて、ルリエを狙う魔道具を斬り払った。

「良い動きですが、わたくしなら守っていただかなくても大丈夫ですよ」

「素直に礼くらい言いなさいっての。次、来るわよ」

「言われなくても分かっています。アイネさんは、自分の身を守ることに集中なさってください」

ルリエが地面へと降り立つと同時に、すぐに駆け出した。槍を振るえば、次々と魔道具が破壊されていく音が耳に届く。

だが、この時点ですでに、異常事態が発生していることに、アイネは気付いていた。

(こんな数の魔道具、一人で操ってるなんてことあるの……!?)

ルリエはもう一人、と言っていたが、アイネからしてみれば、これほどの数の魔道具を操れるのが、一人だというのが信じられなかった。

だが、複数人で操作していると言うには、あまりに統率が取れすぎている――いくつかは同じような行動を取っているところを見る限り、一人で操作しているというのも、あながち間違った話ではないのだろう。

しかし、森の中は広大で、どこに敵が潜んでいるのか分からない状態だ。

「ちょっと！　敵がどこにいるか分からないままに突っ込んでどうするのよ！」

「完全に分からない、というわけではありませんよ」

「え、それってどういうこと……？」

「大体、向こうの方でしょうか」

「ちょ、ちょっと！　待ちなさい……っての！」

ルリエは迷うことなく、森の中を進んでいく。

次々と襲い掛かってくる魔道具を振り払いながら、アイネはただルリエの後を追った。

＊＊＊

ちらりと、ルリエは後方から追い縋《すが》るアイネに視線を送る。

先ほど、ドラゴンの姿を見て怯えていた彼女のことを、よく覚えている。

あれは嘘偽りなどではなく、紛れもなく彼女はドラゴンと戦う程度の実力もないのだろう。

そして、リュノアと対峙した男――ダンテ・クレファーラはリュノアが致命傷を与えていたとはいえ、まだ動くことのできたドラゴンを一撃で倒したのだ。

もう一人の追手も、おそらくはダンテに匹敵する実力者であることは分かっている。

二人の英雄騎士を倒すだけの実力を持つルリエに、生半可な騎士を複数人送ったところで意味がないことを、帝国も理解しているだろう。

敵の勢力をある程度理解していたルリエからすれば、アイネは『足手まとい』になると判断していた。

故に、待機してもらうのが得策だと考えていたし、アイネも下手に動かないだろう――そう思っていた。

だが、アイネはルリエを追ってやってきた。

この点については、ルリエの見込み違いだったと言えるだろう。

森の中を蠢く魔道具相手ならば、アイネも十分にやれている。引き付ける、という役割は果たしていた。

(ならば、わたくしはやはり『本体』を狙うべきですね)

ルリエの判断は早く、すぐに動きを加速させる。

敵のいる方角について、ルリエはおおよその把握はできていた。

魔道具の数の違い――闇雲に、森の中で魔道具を動かすほど、相手も馬鹿ではない。

当然、ルリエとアイネを狙ってきているわけで、向かってくる数が他と比べても多い方角が存在する。

回り込むような動きができるほど、魔道具は速く動けないようで、素早い動きで向かうルリエに対抗するようにして、魔道具を放つしかないのだ。

だからこそ、魔道具が増えれば増えるほど、敵に近づいているということが分かる。

「ちょっと！　待ちなさい……っての！」

アイネの声が耳に届くが、ルリエはもう振り返らない。

アイネは自分の身を守れる程度の実力は備えている――彼女も帝国に狙われていて、ルリエにとっては帝国側には渡せない重要な人物であった。

アイネを置き去りにして、ルリエは森の中を駆ける。

「っ！」

ルリエは咄嗟《とっさ》に、姿勢を低くした。

瞬間、周囲に隠れていた魔道具がロープのような物を放ち、ルリエを捕えようとする。

それを掻い潜るような動きで、ルリエは動きを止めることなく、走り続ける。

たった今、発動したのは『罠《わな》』だった。万が一、近づかれた時のために設置していたのだろう。

つまり、敵の本体はもうすぐ近くにいる。

ルリエは大きく跳躍すると、森の中で開けた場所を発見し、その場に降り立った。——そこにいたのは、やや軽装とも言える鎧に身を包み、頭部も全て覆われている人影だった。

だが、体格からして男だということはすぐに分かった。

ルリエに背を向けたまま、地面に置いた箱のような物に触れていた手を止め、くるりと男はルリエの方に振り向く。

「ふむ、速いな。もう俺のところまで辿り着いたのか」

「ええ、貴方が魔道具を使ってわたくし達を狙っていた——帝国の協力者ということで、間違いないようですね」

「まあ、わざわざ確認することでもないだろう。もっとも、協力者というのは少し語弊がある。俺はあくまで、仕事の依頼を受けてここにいるだけだ」

「……仕事の依頼、ですか。貴方、何者です?」

「聞かれたところで答えると思うか?」

「いえ——ですが、話すこともございませんので、すぐに始末させていただきます」

ルリエはそう言うと、男に向かって槍先を向ける。

槍の先端がわずかに赤く光ると、がくりと男はその場に膝を突いた。

『怠惰の魔槍』――槍の先端を向けられた者は、ほんの数秒間だけ動きを封じられる。それが、ルリエの持つ槍の能力であり、一対一の戦いであれば、絶対の強さを誇る。

「！　これは……」

男が驚きの声を上げる。

ルリエは地面を蹴って、すぐに男を始末しようと動き出す。

同時に、周囲からおびただしい数の魔道具が姿を現し、ルリエ目掛けて魔力の光線を放つ――あらゆる方角に向かっても回避ができないほどだが、ルリエの目的は一つだ。

男の身体を、ルリエの槍が貫いた。

「――っ！」

そして、ルリエはすぐに気が付いた。貫いたはずなのに、全く感触が伝わってこない。

まるで、そこに誰もいないかのようであった。

よく見れば、背中から胸の辺りに向かって貫いた傷口が、ゆらゆらと揺れているように見える。

「これは『投影機』と言うものでな。離れたところから、人の姿を映し出すことができる代物だ。『反鏡石』という高価な素材を使うもので、まだ市場にも出回っていない」

「ちっ」

ルリエは舌打ちと共に、槍を振るう。

周囲から放たれた光線を斬り払いながら、その場を離れようとするが、ガシャンと金属音が耳に届く。

見れば、地面から生えるように、足枷《あしかせ》がルリエを捕えていた。

槍を大きく振るって、ルリエは魔道具からの攻撃を防ぐ――が、全ては無理だった。

右肩、腹部、左腿と貫かれ、その他にも何か所か掠めるようにして、ルリエは大きく傷を負う。

さらに、木々に貼り付いた魔道具が鎖を放つと、ルリエの身体に巻き付かせた。

「くっ、あ……」

強烈な締め上げる力に、ルリエは堪らず槍を手放す。

そこへ、一人の男が姿を現した。

「さて、今のタイミングならば、名乗っても問題はないだろう。俺はアールド・コインテン――『Sランク』の冒険者をやっている。『槍の女』というのはお前だな。残りは、アイネ・クロシンテだけか」

男――アールドは、そう言い放った。

＊＊＊

――しくじった。

ルリエは舌打ちをして、自身の状態を確認する。腹部に受けた傷は深く、早く止血しないとまずい。

だが、手足にもいくつか裂傷があり、一部は感覚すらなくなっている。

その上、身体に巻き付いた鎖は完全にルリエの動きを封じていた。

「その槍、人の動きを制止するらしいな。どういう仕組みなのか興味はある――が、能力さえ分かってしまえば、所詮は子ども騙《だま》しだ」

ルリエの前に立ち、アールドは言う。

Sランクの冒険者――アールド・コインテン。ルリエも、その名前は知っている。活動拠点は主にラベイラ帝国側であり、冒険者として知られている異名は『魔道具使い』。

これほどの量を操る時点で、この男が敵にいる可能性を考えるべきであった。

ちらりと、ルリエは後方を確認する。

先ほど見たアールドがいた場所にはすでにその姿はなく、地面に楕円形の魔道具が置かれているだけだ。

投影機と言っていたが、アールドの姿を映し出して、ルリエが槍先を向けた時点でわざと脱力して見せたのだろう。

おそらくは――以前にルリエが帝国側の英雄騎士と戦った際に、助けに入ったダンテ・クレファーラからの情報だ。

ダンテは『怠惰の魔槍』の能力で動きを封じても、その異常な防御力によって倒しきることはできなかった相手だ。

ルリエの槍はいわゆる『初見殺し』に特化しており、その能力がバレてしまえば、実力のある者であれば避けることもできる。

そのために、ルリエは常に一撃必殺を信条としてきた。

能力に合わせ、脱力したように見せかけられ、それに騙されるなど――言い訳のしようがないほどの敗北だ。

それでも、ルリエはどうにか脱出の機会を窺う。

「……わたくしの完敗のようです。それで、女性をこのように縛り付けて、どうなさるつもりですか？」

「別に、どうするつもりもないが。なんだ、この状態で犯してほしいとでも言うつもり

か」

アールドはそう言うと、ルリエの胸を鷲掴みにする。

乱暴な力で、ルリエはわずかに顔をしかめるが、余裕の表情は崩さない。

「わたくしは聖職に就く身ですから、本来そのような行為には及びません。ですが、貴方が望むのであれば、何でも望む物は差し上げましょう」

「望む物？」

「貴方、ラベイラ帝国から依頼を受けて、わたくしとアイネさんを狙っているのでしょう？　でしたら、交渉の余地はあると思いまして」

「つまり、帝国を裏切ってお前につけ、と」

「そうすれば、望む物は何なりと」

ルリエの言葉に嘘偽りはない。

アールドが望むのであれば、この場で犯されることも辞さないし、金銭が目的であるのなら、言うだけの額を支払うつもりだ。

アールドが絶対的優位である以上、今のルリエにできることは話術による交渉のみ。冒険者であるアールドならば、それこそ帝国の仲間をしなければならない理由などはない

――

「金で雇われただけだ、そう思っているのだろう」

「ぐ、ぁ……っ」

ギリッと、ルリエの身体に巻き付く鎖の締め付けが強くなり、思わず呻《うめ》き声をあげた。

「俺は仕事を請け負った以上、その後に鞍替えすることはしない。冒険者だからと、簡単に雇い主を裏切ると思うな。まあ、俺と同じランクにありながら、そういうことをした奴もいたらしいが……俺達の『格』が落ちる。目障りな奴はいずれ始末をつけるつもりだった」

くるりと、アールドはルリエに背を向けると、懐から一つの魔道具を取り出す。魔道具の中にある小さな球体が光り出すと、そこにはアイネの姿が映し出されていた。

「アイネ・クロシンテはすぐ近くにいるな。こいつはお前よりは捕獲が楽にいきそうだな」

「……っ」

アイネは今、ルリエの方へと向かっているはず。彼女がアールドと対峙すれば、間違いなく捕らわれてしまうだろう。そうなってしまえば、全てが終わりだ。

リュノアがダンテに勝利できたとしても、すぐに駆け付けることはできない――現状は、相当に不利だった。

「そうだ。念のため、お前の背負っている棺桶の中身を確認しておこう。何を隠しているか分からんからな」

アールドはそう言うと、ルリエの後方に回る。

器用に鎖は棺桶には巻き付かせずにいるのは、初めから中身を確認するつもりだったのだろう。ギッと棺桶が開く音と共に、

「……なに？」

アールドが、少し驚いたような声を上げた。

ルリエは、小さくため息を吐いて、アイネと『もう一人』がいるだろう方向に視線を送る。

（貴女がこのタイミングで目を覚ましてくれたのは不幸中の幸い、とでも言いましょうか。後は……頼みましたよ）

――棺桶の中身は、すでに空っぽであった。

＊＊＊

ルリエが姿を消すと、アイネは森に一人で取り残された。すぐに後を追おうとするが、

次々とやってくる魔道具に阻まれる。

（くっ、さすがに、多いわね……っ）

ルリエはこの押し寄せる大群を打ち倒しながら、勢いを殺すことなく進んで行ってしまった。

この時点で、やはり彼女とアイネの実力の差がわかってしまう。

だが、監視をするつもりで見失ってしまっては元も子もない。

向かった方角は分かっている――すぐにでも追いつくつもりであったが、次々とやってくる魔道具の数は増え続け、アイネの剣術でだんだんと捌《さば》ききれなくなってしまう。

押し切られそうになったその時、不意に周囲を飛翔していた魔道具が落下していく。

木々に張り付いていた魔道具も動きを止めて、突然森の中が静寂に包まれた。

驚く間もなく、何者かがアイネの身体を軽々と持ち上げる。

「ちょ、だ、誰!?」

「あー、騒がないでもらえるかな？　ボクは君の味方だよ」

「み、味方って……！」

アイネに気付かれずに近づくだけでも、只者ではないことは分かる。

耳に届いたのは少女の声――アイネの身体を抱えたまま森の中を駆ける。小柄だというのに、随分と力があった。

いきなりこの状況で姿を現して、『味方』だと言われても信用できない。

しかも、ルリエの向かった方角とは逆に移動していて、戻ってしまっている。

何が何だか分からず、アイネはすぐさま抵抗しようとするが、

「アイネちゃん、ボクはルリエの仲間でレティ・ルエルという者だよ。君の『色欲の魔剣』と同じく、ボクは『怠惰の魔槍』の本来の持ち主だ」

「……っ！」

少女――レティの言葉を受けて、アイネは押し黙る。

ルリエの仲間ということと、『怠惰の魔槍』の本来の持ち主という言葉。まだ信頼するには情報が足りないが、少なくとも敵意は感じられない。

アイネに危害を加えるなら、気付かれずに近づいた時にできたはずだった。

警戒は怠らないままに、レティに連れ去られる形で移動すること数分。

洞穴のようなところでレティは足を止めて、アイネを下ろした。正面に立った彼女を見て、アイネは思わず目を見開く。

「あ、あなた……棺桶の中にいた……？」

「やあやあ、どうも。こうして話すのは初めてだね」

肩にかかるくらいの黒いショートヘア。年齢はアイネより同じか少し低いくらいか。サイズの合わない服を着ているようで、手足は布で包まれて隠されている。やや笑みを浮かべたままに、言葉を続ける。

「さて、こうして顔を合わせた以上は仲良くお話をしてみたいところなのだけれど、生憎《あいにく》と状況は悪いようでね。ルリエは今、敵に敗れて捕らわれている」

「な……どうして分かるのよ。敵から逃げてきたってこと？」

「いや、少し違うね。ボクはルリエが接敵する前に棺桶から飛び出して、念のため距離を取っておいた。『目覚めた時』はよくやる行動でね。念のため、二手に分かれておくようにしてるのさ。かなりの強敵だったようだしね」

「目覚めた時って……そう言えばあなた、棺桶で眠っていたわね？」

「ああ、それはね、君と同じだよ」

「……私と同じ？」

「君のそれ、『性属の首輪』だろう？　『彼女』らしいと言えばらしいが、宿主を発情させるというのは、何とも面倒な制約を付けたものだよね」

つらつらと話すレティだが、どうにも彼女は首輪のことについてよく知っているらしい――とても重要なことを聞いているはずなのだが、アイネは状況にただ困惑してしまう。

「ちょ、ちょっと待って！　あなた、私の首輪についても知ってるの？」

「もちろん――っと、ただしその話をしている暇はないんだったね。まずは今の状況を切り抜けるとしよう。現状、ルリエは敵に捕らわれ、君の頼りのリュノアもここにはいない」

「！　リュノアのことも知ってるの!?」

「ボクは眠っている間でも外部から情報を得られるのさ。あ、ちなみに眠っているのがボクにとっての制約みたいなものだよ。ま、これはあくまでボクの趣味でもあるのだけれど――おっと、話が逸れてしまうのがボクの悪い癖だね。さて、本題に戻すと、だ。君には今から、Sランクの冒険者であるアールド・コインテンと戦ってもらう」

「……っ！　アールド・コインテンって、『魔道具使い』じゃない！　あ、さっきの魔道具の群れを操ってるのって……！」

「察しが良くて助かるよ。これほどの大群を操れる人間は、早々いない。ちなみにこれは臆測ではなく、ルリエの持つ『槍』の情報から、ボクが得ているものだから間違いない。ルリエを捕らえ、敵はボクとアイネを狙って行動を開始している。先ほど魔道具を止めたのはボクの力だが、生憎とボクは逃げ足には自信あるけれど、戦闘を得意としないのでね。ルリエがやられた以上は、君に頼るほかないんだ。協力してくれるかな？」

気になることはいくつもあるが、レティの言葉通り、今は一刻を争う状況のようだ。

アイネは一呼吸置いてから、レティの言葉に頷く。

「それはもちろん構わないけれど、私一人で勝てるかどうか、正直分からないわ」

アイネは自身の実力をよく理解している。少なくとも、真正面から戦って勝てる相手だとは思っていない。

敵がアールドだと分かっていれば、ルリエと協力して戦闘することもできたはずだ。

だが、彼女は単独で接敵した上で、すでに捕らわれてしまっている。

いや、仮にルリエと協力したとして――それでも勝てる保証はどこにもない。

Sランクの冒険者の中でも、アールドは上位に位置する実力者であると聞いたことがある。

リュノアが戦っている相手、ダンテ・クレファーラは帝国において『最強の騎士』と呼ばれているが、おそらくアールドならばそれを上回る可能性すらあった。

魔道具の扱いに特化しており、一人で大軍と渡り合える――そんな実力を持っていると言われ、実際に大軍を動員しなければならないレベルの魔物の群れを、たった一人で壊滅させた、という話も聞いたことがある。

「そうだね。今の君では勝てないだろうし、ダンテと戦った後のリュノアがここに駆け付けるという保証もない」

「っ、リュノアは勝つわよ」

「君が彼を信頼する気持ちは分かる。勝つことを前提にしたとしても、彼が来るまではどのみち時間が掛かってしまう。ここまで来てしまった以上は逃げられないしね。ボクだけならあるいは逃げ切れるかも分からないが、当然ルリエを助けたいわけだ」

「なら、どうするのよ。作戦でもあるって言うの？」

「うん、そうだね。では、ここからが本題だ。君には今から、『色欲の魔剣』の使い手になってもらう」

それは、アイネが予想もしていない言葉であった。

＊＊＊

――アールド・コインテンは戦場全体を把握している。

それは彼にとって当たり前のことであり、今回の戦場となるこの森についても、すでに敵勢力がどこにいるか分かっていることだった。

もっとも警戒すべきはリュノア・ステイラーだが、帝国最強と謳われる騎士――ダンテ・クレファーラとの戦いにより深手を負っている。

ダンテが勝利することが望ましかったが、彼が敗北したことは、森の中に解き放った魔道具から確認している。

その数は千を超えており、アールドはその魔道具の視界を全て自身が頭部を覆っている装甲から確認している。

リュノアの方は、このまま魔道具で牽制していれば問題ないだろう。

もう一人、『槍の女』はすでに捕らえていて、動くことすらままならない状態だ。

アイネ・クロシンテに至っては、元来アールドの敵ですらない、一介の騎士のはず。

唯一、懸念があるとすれば、『槍の女』が連れているはずのもう一人の少女の存在だ。

ダンテから、おそらく棺桶の中に人がいる、という情報だけは聞いていたが、すでに空っぽであった。

つまり、戦闘の前に逃げ出したのだ。

初めから誰もいなかった、という説も考えられたが、突如として一部の魔道具が操作不能となり、その時からアイネ・クロシンテを見失っている。

(……とはいえ、大きな問題はないか)

操作不能となった魔道具はすでに動かせるようになっており、とある地点に近づくと、やはり魔道具の動きが停止するようになっている。

そこにアイネと何者かが隠れているのは明白であり、周辺はすでに包囲を固めつつある。アールド自らそこに赴くようなことはせず、あくまで戦略による勝利を望んでいる。堅実な戦い方をモットーとしており、このまま持久戦に持ち込めば、どちらにせよアールドの勝利は確実であった。

（……だが、より確実にするには、もう少し包囲を固めるか。俺の守りは薄くなるが、リュノア・ステイラーの動きは把握している。あの動きでは、いずれ俺の魔道具が仕留めるだろう）

ダンテは十分な仕事を果たしたようで、リュノアは満身創痍《まんしんそうい》だ。武器もすでに持っておらず、ここに辿り着けたとして、一対一ならば問題なく処理できる。

（ふむ。やはり盤石《ばんじゃく》、だな。仕事とは常にこうでなければ――なに？）

戦場を把握しているが故に、アールドはすぐに気が付いた。

アイネを包囲していたはずの場所で、いくつかの魔道具が破壊された。

すぐに魔道具の視界を映し出して確認すると、アイネがこちらに向かって駆け出しているのが見えた。

――リュノアが来るまで時間を稼ぐつもりなのだと考えていたが、まさかアイネが単独で突っ込んでくるとは。彼女の実力で考えれば、アールドが統率する魔道具の軍勢を突破することは不可能だ。

実際、先ほど彼女を見失う寸前には、追い詰めていたのだから。

（自暴自棄になったか、あるいは何か作戦があるのか。……まあ、いい。俺のやることは変わらない）

先ほどと同じように、アイネを追い詰めるために魔道具を向かわせる。

周辺を包囲していた魔道具の一部はアイネを追いかけさせ、いくつかはアイネがいた場所をそのまま包囲させる。そこに、もう一人敵がいることは間違いないのだ。

アイネの対応だけならば、アールド自身を守るために配置した魔道具で可能なはず――だった。

「これは……」

アイネの動きを、魔道具の視界から確認した。

先ほどまでとは、まるで別人。いや、動き自体に大きな変化はないが、魔道具が放つ光線に対する反応が異常なほどに速く、およそ人間のものとは思えないレベルだ。

（何があった？　身を隠している間に、俺に対応するための術を身に付けた、というのか？　いや、仮に俺の戦い方を知っていたとしても、それに対応できるかどうかは別の問題だ。アイネ・クロシンテの帝国騎士時代の能力は、低いものではなかったが、そこから成長していたとしても俺に及ぶことはないはず）

事前に対象の情報は仕入れてあった。アールドからすれば、アイネは取るに足らない相手であり、短期間で実力を上げたとしても、強敵にはなり得ない。

アールドは考える。アイネの身に何が起こったか——だが、答えは見つからない。

「……まあ、いい。どちらにせよ、俺の勝利は揺るがないな」

アールドはここに来てもなお、冷静に言い放つ。

アイネが魔道具に対応できるようになったから、どうしたと言うのだ。

ここに彼女が来るのなら、むしろ好都合。やってきたのを捕らえればいいだけだ。

「来い、アイネ・クロシンテ。お前の知るリュノア・ステイラーとは別格の……本物の『Sランク』というものを、お前に見せてやろう」

アールドはただ、獲物がやってくるのを静かに待つのだった。

＊＊＊

アイネがレティから教わったことは一つ——『色欲の魔剣』の出し方だけであった。この剣が何なのか、という詳しい説明を受けていないが、どうやら『魔力の塊』のようなものらしく、剣を出現させるのは、結局はアイネの意思によるとのことであった。

相手はアールド・コインテン。Sランクの冒険者であり、アイネが正面から戦ったとして、勝てるとはとても思えない相手なのは間違いない。

けれど、ここでアイネが捕まれば、最終的にはリュノアも助からない。人質として使われるだけで、アールドならば簡単にリュノアを殺せるからだ。

覚悟を決めるのは簡単だ。リュノアのためを考えれば、アイネはいつだって戦える。相手がどれほど強敵だろうと関係ない――いつでも彼の隣に立てるようにと、剣術を磨いてきたのだから。

そう考えたら、魔剣は簡単にアイネの胸元から現れた。それを引き抜いても、特に何かが変わった感覚はない。

リュノア曰く、『感覚が鋭くなる』とのことだが、以前に触れた時にもそんな感じはしなかった。

その理由は、アイネが『本来の所有者』となっているからだ、と言う。

レティの言葉の意味は、すぐに理解できた。

振り返ることなく、アイネは後方から放たれた魔道具の光線を避ける。来ることが分かっていたかのような動きだが、アイネには実際に分かっていた。

今までもそうであったかのように、魔剣の力はアイネに馴染み、違和感を覚えることはない。どこからどう攻撃が来るのか、気配を感じ取ることができてしまう。

（これが、リュノアの言っていた『変な感覚』ってやつね。これを変に感じないのが、私が所有者の証《あかし》ってことみたいだけど……）

先ほどまでは迫り来る魔道具の大群に対し、余計なことを考える余裕はなかった。

今は、冷静に状況を分析するくらいのことはできる。

決して、アイネの身体能力が向上したとか、そんな効果は魔剣から得られていない。

だが、攻撃の来る方向や瞬間さえ分かってしまえば、こうまで簡単に動けるようになるのだと、アイネは驚いていた。

さらに言えば、アールドが今どこにいるのかさえ、アイネには分かってしまう。

その人物が確実にアールドとは言えないが、ルリエの近くから動いていない人物がいる。

どうやら、アイネを迎え撃つつもりのようだ。

「まあ、私一人相手なら、そうなるわよね」

アイネの相手をするのに、わざわざ隠れたりするような小賢《こざか》しい真似をするつもりはない、ということだろう。舐《な》められているが、これは同時にチャンスでもある。

アールドは、アイネがどうして攻撃を避けられるようになったか、理解できていないだろう。

アイネの実力を軽く見ているのであれば、このまま距離を詰めれば、勝機は十分にある。

むしろ、アールドが警戒を強める前に叩くしか、現状勝てる見込みはないとさえ、考えている。

「ふっ」

呼吸と共に、いくつかの魔道具を断って破壊する。できる限り回避に専念しているが、どうしても避けられないタイミングは存在する。

その『避けられないタイミング』まで分かってしまうからこそ、あらかじめ危険な魔道具を先行して破壊していくことができる。

素早い動きで、アイネは真っ直ぐアールドの下へと向かった。

やはりアールドに動きはなく、アイネを迎え撃とうと次々と魔道具を送り込んでくるが、そのことごとくを退けて、アイネは目的の場所へと辿り着く。

鎖で縛られたルリエと、その隣に立つ男――素顔は確認できないが、ここに立っている以上、魔道具の使い手であることは間違いない。

「意外と早かったな、アイネ・クロシンテ」

「……あんたがアールド・コインテンね」

「ほう、すでに俺がいることには気付いていたか。あるいは、逃げ出した者から情報を聞いたか」

やってきたアイネに対して、アールドは特に慌てた様子もない。剣先を向けても、臨戦態勢にすら入っていないのだ。

周辺にはすでに、アイネに向けて魔道具が動き出しているのが分かる。

だが、アイネはその動きを把握している――いかにアールドが『魔道具使い』として優れていようが、この距離ならば、魔剣を手にしたアイネの方に分があるはずだ。

「しかし、こうして俺の前に自らやってくるとは……勝てる見込みがある、と踏んだか？」

「……そんなに甘い相手じゃないって分かってるわよ。でも、あんたは『魔道具使い』。近づかれなければ確かに最強なんでしょうけど、この距離なら、私の方が有利よ」

「ほう、有利か。お前はまだ俺とまともに戦ってすらいないというのに、そこまで確信を持って言えるとは――中々に自信過剰なようだ」

決して自信がある、というわけではない。

アールドは『魔道具使い』として有名ではあるが、本人が戦った情報については聞いたことがない。未知数であると言えるが、魔道具に特化しているが故に、本人が戦う必要はなかった、とも考えられる。

魔剣の力があれば、アールドがどういう動きを見せたとしても、反応できる。

下手な動きをされる前に、アイネは仕掛けることにした。

地面を蹴って、アイネはアールドとの距離を詰める。回避か、あるいは防御か——アールドがどう動こうとも、今のアイネには分かるはずだった。

「っ！」

ズンッ、と腹部に受けたのは強い衝撃。咄嗟に後方に下がったことで威力を殺せたが、それでも膝を突くほどの威力。苦痛に顔を歪めながら、アールドの方を見た。

右の拳を前にして、構えを取っている。動きは理解できていたし、アールドがカウンターを仕掛けることも分かっていた。

それなのに、アイネは反応できない。理由は至極単純だ——アールドの動きに、アイネがついていけなかったのだ。

「この距離ならば有利、だったか？　魔道具だけで俺がここまで来たと思っていたのなら、それは大きな勘違いだ」

「……舐めていたのはどっちって話、ね」

相手はリュノアと同じSランクの冒険者――純粋な戦闘能力も、アイネの遥か上を行くのだ。

――アイネは攻めあぐねていた。

アールドが油断している状況こそが、千載一遇のチャンスであったからだ。

実際、アールドは油断をしていた。その上で、アイネの方が『格の差』を教えられてしまったのだ。

距離を詰めての近接戦闘でも、アールドの方が上手《うわて》。距離を離せば、すぐに周囲にある魔道具による攻撃が始まる。回避は可能だが、体力が無尽蔵なわけではない。

「はっ、はっ……」

すでに森の中を駆け、ここまで辿り着くのにアイネは体力を消耗している。

『色欲の魔剣』の力で得られているのは、未来予知にも近いほどに優れた感覚――だが、それだけでは埋められない差が、アイネとアールドの間にはあった。

これが本物の『Sランク』。リュノアの戦いは目の前で見たことはあったし、彼の強さは十分に理解しているつもりだ。

はっきり言ってしまえば、まともに戦えば勝ち目はない。分かっていても、アイネには逃げ道はなく、勝利するしかなかった。

（もしかしたら、リュノアもここに向かって――っ）

そこまで考えて、アイネはハッとした表情を浮かべる。

一瞬の隙を突いて、距離を詰めたアールドからの一撃を受けた。

咄嗟に剣で防いだが、その衝撃は消し切れず、華奢《きゃしゃ》な身体は後方へと飛ばされ、大木に叩きつけられる。

「か、はっ」

まずい――アイネはすぐに、大きく息を吸い込んだ。呼吸を整えて、剣を地面に刺し、身体を支える。倒れることはなかったが、意識を失いかけた。

そんなアイネを見て、アールドは動きを止めて口を開く。

「いい加減、諦めたらどうだ？」

「……は、何よ。いきなり」

「分かっているのだろう？　俺とお前の実力の差は明白――一対一の戦いで、お前が俺に勝てる可能性はゼロだ」

「戦場に『ゼロ』なんて言葉はないのよ。万に一つ、あんたに勝てる可能性だって……」

「リュノア・ステイラーが来ることを期待しているのか？　残念だが、奴はここには来ない」

言葉を受けて、アイネは思わず目を見開く。

いや、アイネを揺さぶるために言っているのだろう。

落ち着いて考えれば、聞く耳を持つ必要などない。

「……どういう、意味よ？」

けれど、アイネは聞いてしまった。

アールドは懐から一つの魔道具を取り出す。

アイネは構えを取るが、次の瞬間――アイネの目の前に映し出されたのは、満身創痍のリュノアの姿であった。

全身傷だらけで、特に腹部の辺りは爛《ただ》れたようになっている。おそらく、傷を焼いて塞いだのだろう。

すでに剣は握っておらず、手足には魔道具と思われる『破片』がいくつも突き刺さっていた。――拳や蹴りで、魔道具を破壊しているのだ。

剣士であるリュノアがすでに剣を失い、息を切らした姿のままに、それでも前へと進もうとする。

そんなリュノアの前には、いくつも魔道具が迫っていた。

「リュノア……!?」

「これは俺の魔道具の視界を一つ、映し出したものだ。短剣か何かを握っていたようだが、すぐに折れて素手での戦いに臨んでいる。まだギリギリ生きているが、はっきり言ってしまえば仕留めるのに時間はかからないだろう」

「……っ、私に、降伏しろって言うの？」

「ふむ、勘違いさせたようだな」

アールドが地面を蹴って、アイネへと追撃を加える。ギリギリのところで回避するが、蹴りの威力は大木を楽々とへし折るほどのものであった。

アールドはゆっくりとした動きでアイネの方を向き、

「お前はさっさと諦めて降伏しろ、というのは違いない。だが、リュノア・ステイラーを使って脅迫するつもりなどない。お前がリュノアを待っているのなら、奴は間もなく死ぬのだから諦めろ——そう、言っているだけだ。お前が降伏しようがしなかろうが、あの小僧は俺が殺してやる」

——リュノアが、死ぬ。見せられた光景には、それが現実味を帯びているように感じさせられた。

あるいはリュノア一人であれば、今の状態でもここから逃げることはできるのかもしれない。

けれど、彼はきっとそんなことはしない。アイネを追って、傷だらけの身体でこちらに向かっているのだ。

帝国の騎士で一番強いはずのダンテを倒したからこそ、リュノアはここに向かっている。それなのに、アイネは日の前の敵一人、倒すどころか追い詰められてしまっていた。

（結局、私はリュノアの足手まといにしか、ならないってこと……？）

認めたくはないが、事実であり現実だった。今のアイネではアールドに勝てず、このままではルリエを助けるどころか、リュノアすら失ってしまう。

（それだけは絶対に、ダメよ……！　でも、どうすれば……）

どうすれば、アールドを倒せる？

どうすれば、リュノアを救える？

どうすれば、どうすれば――頭の中で思考を繰り返して、ほんのわずか数瞬だけ、意識がアールドから逸れてしまった。

「だから、言っただろう。諦めろ、と」

胸元への強烈な一撃。心臓を止められたのではないか、という程の衝撃。アイネが意識を手放すには、十分すぎる威力であった。

（わた、し、は……）

――負けられない。負けたくない。リュノアに守られてばかりではいられないのだ。

その時だった。意識を失ったはずのアイネの視界が、クリアになる。

呼吸すらまともにできないはずの身体なのに、アイネはむしろ今の状況を『心地よい』ものだと感じた。

そして、アールドの方を見て、にやりと笑みを浮かべる。

「っ！」

アールドは何かに気付いたように、アイネとの距離を取る。

初めて、この男がアイネから逃げ出したのだ。そんな光景すら、アイネにとっては面白く見えた。

「――ふふっ、どうして逃げるのよ？　これからが面白いところなのに」

「……お前、何者だ？」

「何者？　あははっ、たった今まで戦ってたじゃない。私は私――アイネ・クロシンテよ。さ、私と遊びましょ？」

アイネは口元から垂れた血液を舐め取ると、ゆっくりとした動きで構えを取る。

『色欲の魔剣』を握り、剣先をアールドに向け、妖艶な笑みを浮かべて言い放った。

第五章

アールドが咄嗟《とっさ》に下がった理由は一つ。アイネに訪れた『変化』であった。

彼女は確かに意識を失ったはずなのに、すぐにアールドへと反撃しようとした。

あるいは多少のダメージ覚悟でカウンターを決めれば、今度こそアイネを昏倒させることができたのかもしれない。

だが、アールドはあくまで慎重であった。

現状、残る敵はアイネのみ。魔道具の攻撃は確実に回避してくるが、アールドには及ばない。

先ほどまでの彼女の表情からも焦りが見えていた。――そのはずなのに、今は焦りどころか、余裕すら見える笑みを浮かべている。

（！　なんだ、髪が……）

アイネの金色の髪が、徐々に薄い朱色へと変化していく。瞳は金色に怪しく光り、腹部には奇妙な模様が浮かび上がっていた。

「くふふっ、清々《すがすが》しい気分よ。今なら、誰でも切り刻める気がするのよね」

「……何が起こったのか知らないが、随分と口が大きくなったものだ。それとも、俺を相手にしてなお、手の内を隠していた、ということか？」

「別に、隠していたわけじゃないわ。ま、どちらかと言えば……『馴染んだ』と言うべきなのかしら」

「馴染んだ……？」

「あんたに説明することじゃないでしょ。これから死ぬんだから」

言葉と同時に、アイネが地面を蹴った。

先ほどよりも姿勢は低く、構えが変わっている。

だが、直線的でフェイントなどを掛けようとしているようには見えなかった。

アールドから見て大きな変化はなく、捉えることができている。

首筋付近を狙った突きを避け、アールドは腹部目掛けて拳を繰り出した。魔力を込めた一撃は、内臓深くに浸透し、破壊することだって難しくはない。

本気で打てば捕獲対象であるアイネを殺してしまう可能性だってある。

故に、加減して放っている。それでも、並みの人間であれば、受けただけで立つことすら難しくなるはずだ。

アールドの一撃が決まり、アイネは口元から吐血する。これ以上強く打てば、やはりアイネは死んでしまうだろう。

（だが、これで――）

「……ふふっ、捕まえたわ」

「っ！」

アイネは左手でアールドの拳を掴み、笑みを浮かべていた。

ゾクリと、背筋が凍るような感覚。アイネは初めから、アールドの攻撃を受けるつもりでいたのだ。

アイネが剣を振り上げ、アールドは防御の構えを取る。

全身防刃のスーツを身に纏《まと》っているアールドならば、アイネの剣ならば掠《かす》り傷を受けるくらいだろう。

サンッ、とわずかに斬れる音が周囲に響き、

「――ぐっ、があああああっ!?」

アールドは突如、自身を襲った強烈な『痛み』によって、叫び声をあげた。皮膚を焼くような痛みは、たかが掠り傷から受けるにはあまりに強烈で、今まで感じた中で最も激しいものだ。

(ば、かな……なんだ、この、痛みは……!?)

アイネの手を振り払い、距離を取る。痛みはまだ消えず、アールドは傷口を押さえたまま、アイネを睨《にら》みつける。

「いい声ね。余裕ぶった相手が情けない声をあげる姿は嫌いじゃないわ」

「お前……何をした。毒を塗っていたのならば、俺が気付かないはずがない」

「毒？　あはは！　そんな物に頼るわけないでしょ？　これは私の能力の一つ——あなたの『痛覚』を強化したのよ。掠り傷でも、死にそうなくらい痛いでしょ」

「……俺が受ける痛みを、強くしたというのか？　そんな魔法が——いや、そもそも魔法なのか？」

「これ以上は教えてあげない。でも、腕に受けたちょっとした傷だけでも、想像を絶する痛み——これがもし、胸の辺りに受けた刺し傷だったりしたら、どうなると思う？」

アイネの言葉から想像するのは、難しくなかった。

腕に受けた少しの傷だけで、意識が遠退くレベルの痛みだったのだ。

本来は致命傷にならなかったとしても、ほんの少しの刺し傷を心臓の近くに受けてしまえば、おそらく痛みで死ぬ可能性だって十分にあり得る。

今だって、もう一度あの痛みを受けるのは御免だ、と頭の中では考えていた。

そんな様子を見てか、アイネは楽しそうに言葉を続ける。

「あんたは、私を殺せないものね？　依頼で来ているんでしょ」

「だからと言って、お前にそこまでの耐久力があるとは思えん。それこそ、悶絶するはずの打撃を与えて――」

そこまで言って、アールドは気付いた。

「まさか、自分の痛覚を弱めることができるのか」

「あら、勘がいいわね。丁度、気持ちよくなれるくらいの痛みにしてあるの。ま、それでも何度も受ければ身体の方が持たないでしょうけど――どっちの方が先に落ちるかしらね？」

運が悪ければ死ぬ。そんな状況でも、アールドはアイネと対峙するのを止めなかった。

ここで引き下がれば、おそらく冒険者としての再起は難しい。余裕で捕まえられると思っていたアイネに、ここまで追い詰められたのだ。何としても勝たなければ、プライドに傷がつく。

（最悪、仕留めることもあり得るな）

――依頼を放棄することすら、アールドは考えていた。

＊＊＊

――以前にも、同じような感覚はあった。

『色欲の魔剣』を身体の中に戻した後、記憶も意識もそのままなのに、まるで別人のように性格が変わってしまった。

全て覚えているし、アイネが自分の意思で話しているのは間違いない。

いっそ気味が悪いと思えればよかったのだが、この状態をアイネは素直に受け入れてしまっている。

相手の痛覚を増幅させ、自分の痛覚を鈍らせる能力についても、当たり前のように扱えているのだ。

けれど、アイネにとって状況は悪くなかった。

アールドはアイネの剣に斬られることに臆し、動きが慎重になっている。魔道具による攻撃は続いているが、回避は造作もない。

先ほどまで蓄積していた疲労感は嘘のようになくなり、身体は軽かった。

「ふふっ、どうしたの？　今度は逃げてばかりじゃない」

アイネはアールドに向かって挑発するように言い放った。

まだ斬られた腕に痛みが残っているようで、アールドは時折、腕を気にするような仕草を見せる。

先ほどまではアイネに対して余裕とも取れる動きを見せていたが、今はとにかく近づかれないように、と逃げているようだった。

「……ちっ」

舌打ちをして、アールドは周囲の魔道具を動かし、何とかアイネを近づかせないように、と攻撃を仕掛ける。

アイネはそれを避け、アールドとの距離を詰めた。

その動きに合わせるようにして、アールドが蹴りを繰り出す。

アイネは身体を逸らすが、腹部を掠めて出血する。

直撃すれば、あるいは死んでいたかもしれない威力——アールドが、アイネを『殺す気』であることにはすぐに気付いた。

「私を殺してもいいの？」

「……お前は危険だ。俺は死んでまで、依頼を全うするつもりはない」

「そう——あんた、その程度なのね」

「……いちいち癇《かん》に障ることを」

「だって、そうじゃない？　勝ち誇ってた癖に」

アイネはひたすらアールドを煽る。わずかな傷でも我慢できないほどの痛みを与える『色欲の魔剣』があれば、アイネの方に分がある。

先ほど『胸の辺りに受けた刺し傷』とわざわざ分かるように伝えたのは、時間稼ぎの面もあった。

アールドの打撃は、一発受けるだけでもアイネがギリギリ耐えられるかどうか、というレベルだ。

今は痛覚を鈍らせていても、やはりダメージは完全に消えていない。

少しでもアールドに攻めるのを躊躇《ちゅうちょ》させるために発した言葉であったが、効果はてき面であった。

だが、最終的には近づかなければ、アイネも決め手がない。それはアールドも分かっているようで、ようやく逃げ回るのを止め、構えを取った。

アイネも動きを止め、アールドに向き合う。

「もう逃げるつもりはないみたいね」

「元々、逃げ回っていたわけではない。痛みを和らげるために、時間を稼いでいただけだ。

打ち合うのならば、万全な状態でやる」

「そう。じゃあ——始めましょうか」

アイネは駆ける。

周囲から放たれるのは魔道具からの光線。これが牽制であることは分かっている。

意に介さず、アイネはアールドへと向かって行った。

アールドは拳を強く握り、アイネを迎え撃つ。何度か受けた打撃に、アイネの目は慣れ始めていた。それでも避けるのはギリギリで、拳を掠めただけでも皮膚は裂け、出血する。

一方、アールドはアイネの斬撃を綺麗に避けた。『魔道具使い』と呼ばれながら、これほどの強さを持っているのは、やはり彼の異常性を示すものであった。

お互いにまともに受ければ終わる可能性もある中、アイネはアールドが繰り出した蹴りに合わせて、剣を振るう。

「ぐっ!?　ぬぅううっ！」

ふくらはぎの辺りに刃が入ると、アールドが苦悶の声を上げた。

だが、アールドはそのままの勢いでアイネを蹴り上げる。

まともに脇腹に対して蹴りが入ったことで、アイネは吹き飛ばされ、地面を転がった。

「……今のは、効いたわね」

痛みは抑えていても、その衝撃で受けたダメージは分かる。

一方、アールドも足の痛みに耐えられなかったのか、その場に膝を突く。

しかし、アールドは足にダメージを受けている。

まともに動けるようになるには、時間が掛かるはずだ。

すぐに立ち上がり、攻撃を仕掛ければアイネが勝つ――はずだった。

「あ、れ……？」

立ち上がろうとするが、足に力が入らず、アイネはその場に倒れ伏した。急速に全身に痛みが走る。

内臓にも深いダメージがあるのか、呼吸は荒く、満足に動けなかった。髪の色は元に戻り、腹部に刻まれた模様も消失する――『時間切れ』だ。

（そん、な。この、タイミング、で……）

自身の身体のことだから、よく分かる。

『色欲の魔剣』の能力を、すでに発動できていない。

周囲に潜む魔道具がどこにあるか、先ほどまでは分かっていたはずなのに、もう確認できない。

アールドの痛覚増幅も消えたのか、ゆっくりと立ち上がると、

「……随分と手間取ったが、お前の方が先に落ちたな」

「……っ」

どうにか剣を握るが、やはり力が入らず、持ち上げることすらできない。

そんなアイネに向かって魔道具が動き出す。

「安心しろ。今のお前を殺すつもりはない。捕らえて、それで終いだ」

言葉と共に、アイネを囲った魔道具から鎖が放たれる。

ここまでやっても、なおアールドに勝利することは叶わなかった。

とっくに身体は限界を迎えていて、それを誤魔化すように戦って――リュノアのことを叱る立場にない。

「ごめん、リュノア……」

結局、勝てなかった。

そう口にしようとした瞬間、アイネの身体がふわりと浮いた。

否、浮いたように感じただけで、身体を支えてくれる、青年の姿があった。

「……本当に、あんたはいっつも、そうよね。どんなに怪我してても、必ず私を、助けに来てくれるん、だから」

喜んでいいのか、怒るべきなのか、どうしたらいいのか分からない。

ただ、アイネは心の底では安堵していた。

こんな状況でも、彼に会えてよかったと、弱っているからこそ思ってしまったのだ。

「……遅れてすまない、アイネ。君はもう、休んでいてくれ」

「まさか、辿り着いたというのか」

驚いた声を上げたのはアールドだ。

アイネとの戦いに夢中で、青年の動きを把握できていなかったのかもしれない。

アイネ以上の怪我を負っているはずの青年――リュノア・ステイラーは、アイネの身体を地面に横たわらせると、『色欲の魔剣』を握った。

＊＊＊

アイネは気絶するように意識を失った。

僕がいない間に何があったのか分からないが、『色欲の魔剣』を使えていたようだ。

――おそらくは、彼女が敵の意識を向けていてくれたのだろう。

アイネを追って森の奥に進んだ時、次々と『魔道具の群れ』がやってきた。

いずれも誰かが操作しているかのようであったが、途中から動きが単調になり、僕はここまで辿り着くことができたのだ。

あのまま、まともに相手をしていたら、僕もここに立っていられたか分からない。

武器はなくなり、手足に魔力を流すだけの、もはや武術とすら呼べない戦闘法で僕はここまでやってきた。手足に突き刺さるのは、破壊してきた魔道具の破片だ。

だが、もはやそんな痛みを気にすることはなく、僕は剣を手に取る。満足に握ることもできないので、服の一部を破って、締め付けるようにしながら固定した。

「――リュノア・ステイラー。こうして顔を合わせるのは初めてだな」

「……君も、帝国の人間か」

「いや、俺は依頼を受けた冒険者だ。お前と同じく、Sランクの冒険者の、な。俺はお前のことはよく知っている。いずれは、こうして対峙すると思っていたからな」

「Sランク――そうか、アイネはそんな相手にも、引けを取らなかったわけだ。やっぱり、君はすごいよ」

「ふん、捕獲するのが目的だっただけのこと。殺そうと思えば、そんな女はいつでも殺せた。だが、安心しろ。この後お前を殺しても、その女は生かして――」

「もういい。それ以上口を開くな。帝国の人間でなかったとしても、君がアイネを傷つけた事実は変わらない。だから……僕は君を斬る」

剣先を向け、言い放った。

「はっ、面白い。満身創痍《まんしんそうい》の状態で、この俺に勝つつもりか。いいだろう、よく覚えておくといい。俺は『魔道具使い』のアールド・コインテン。『二代目剣聖』などと、一部の者はお前をもてはやしているようだが所詮、お前はここで俺に倒されるだけの――は？」

男――アールドは呆気に取られたような声を漏らした。

僕を指差して笑った彼のその腕が、簡単に宙を舞った光景を見て、何が起こったのか理解できなかったのだろう。

この剣を手にすると、感覚が研ぎ澄まされる――話しながらも、僕を狙って魔道具を動かしていたアールドのことは分かっていた。

僕の身体も限界が近く、加減をしている余裕もなければ、それをしてやるほど冷静でもいられない。全身に残るわずかな魔力をフルに使い、限界の速さで斬り込んだ。

アールドはもはや反応すらできず、片腕を失うことになった。

「お、おおおっ！」

咄嗟に反撃のために繰り出した蹴りを、僕は肘打ちで防ぐ。ミシリッ、と骨が軋む音が鳴り、折られたのは僕の腕だ。

武術に精通しているのは、すぐに分かった。彼の打撃は、まともに直撃すれば簡単に僕を殺せるだけの威力を備えているのだろう。

だが、関係ない。折れた腕の方で、僕はアールドを思いきり殴り飛ばした。

頭部は覆われていたが、僕の拳がめり込み、そのまま割れる。

「がっ、おの、れ……！　調子、に——ぐおっ」

追い打ちをかけるように、アールドの腹部に蹴りで一撃。地面を滑るようにして吹き飛ぶ彼に対し、僕は剣を振り上げた。

周囲から閃光が走る。僕を狙った魔道具の光線だ。空中で身体を翻すようにしてかわし、勢いのままに回転を加えた斬撃を放つ。

アールドの右足を捉え、深く斬り込んだ。

「なっ、この、俺が……！　何故——」

ピタリ、と倒れ伏したアールドの首筋に剣をあてがう。片腕を失くし、足に深い傷を負ったアールドは、すでに戦闘を続行することもできないだろう。

時間にしてほんの数秒——僕とアールドの戦いは、いともたやすく決着がついた。

同じSランクの冒険者同士でも、剣術のみに特化した僕の方が、近接戦闘では分がある。

あるいは、この状況下においても満身創痍の僕を見て、アールドが油断していた、とも言えた。

だが、彼にはまだ周囲に控えている魔道具が存在している。一切の油断はできない。

すぐにでも、彼の首を刎《は》ね飛ばすつもりでいた。

「はっ、は……馬鹿な、俺が、お前のような新参者に……！」

「冒険者として、受ける仕事を見誤ったね。君は確かに実力者のようだけれど、僕の方が強かった。それだけだ」

「……俺を、殺すか、それもいい。だが、アイネ・クロシンテが狙われる本当の理由――それを知っておかなければ、お前達はこのまま追われ続けることになるぞ？」

すぐさまに剣を振るおうとした時、アールドはそんなことを口にした。

以前ならば、どうあれすぐに首を刎ねるところだが、すでにアイネは何度も帝国側から狙われている。その『本当の理由』とやらを、アールドが知っているのだとしたら、聞いておく必要がある。だが、彼を生かしておくつもりもない。

「……理由を聞いたとして、僕は君を殺すつもりだ」

「だろうな。俺もこの状況から逆転できるとは思っていない。だが、一つだけ――見ておきたかっただけだ」

「……？　見ておきたかった？」

「ああ、そうだ。お前の、絶望に満ちた表情をな」

「っ!?」

周囲から、けたたましい程の騒音が鳴り響く。思わず耳を塞ぎたくなるほどの音だった。見れば、森の中に怪しく光る『赤い目』がいくつも見える。

だが、それは生物ではない。――アールドが操作していた、魔道具達だ。

「俺を殺したところで無駄だ。どのみち、俺が死ねば発動する代物。ただ、お前の今の姿を見たくて、発動させたよ。この周囲にある俺の操る魔道具は、今から『自爆』する」

「自爆、だって……？　そんなことをすれば――」

「俺も助からない。だが、どのみち俺は助からないのだから、いいだろう？　これでお前達も助からない。仕事に失敗したらどうするか？　ずっと前から考えていたことだ。どうせ死ぬのなら……派手に終わらせたいよな。見事、お前は俺より強かった、認めてやる。ただし、勝負は引き分けだな」

このアールド・コインテンという冒険者は――自らの仕事に誇りを持っているわけでもなく、失敗すれば後のことなど考えず、全て巻き込んで『終わらせる』。

そこに生への執着はなく、この状況においては、もっとも恐ろしい存在だった。

すぐにアイネの下へ駆け寄ろうとしたが、僕の身体はそこで限界を迎え、その場に膝を突く。

「アイ、ネ……っ！」

「死ぬ前に面白い物を見せてもらった。では、共に逝くか」

その瞬間、周囲は光に包まれた。

＊＊＊

――アールド・コインテンは元々、冒険者になるつもりはなかった。

『魔道具』作りに没頭したのはいつだったか、彼は初めて出会った魔道具に惚れ、その作り手に弟子入りしたのだ。

アールドはすぐに師の技術を取り入れ、魔道具作りでは他に引けを取らない存在となった。

一方、彼にはライバル視している兄弟子がいた。

アールドは『自身のため』に役立つ魔道具を作るのに対し、兄弟子は『他人のため』に役立つ魔道具作りに励んでいた。

その姿勢を師も評価していたようで、アールドの方が優れた魔道具を作り出していたはずなのに、正当な後継者は兄弟子となった。

──不満しかなかった。アールドは弟子を辞め、独自に魔道具作りを行い、その魔道具はいつしか、『生き物を殺《あや》める』ための道具ばかりになっていた。

やがて自身の作った魔道具で冒険者としての名声を手にしたアールドは確信する。

やはり、間違っていたのは師であったのだ、と。

己に才能があることに気付いたアールドは武術を体得し、やがて一握りしかなれない『Sランク』の冒険者までになった。

だが、それは彼の誇りにはならなかった。

表向きにはSランクであることを価値のあるように言いながら、実際には魔道具の使い手としてより名を広めることしか頭になかったのだ。

それでも、剣術だけで名を挙げたリュノアや、実力が伴わないラルハといった冒険者が同等の立場として扱われることが我慢ならず、いずれは自身の作り上げた魔道具で始末することも考えていた。

そして、アールドにとって絶好の機会が訪れる。『アイネ・クロシンテの確保』の依頼であった。彼女の傍には、リュノア・ステイラーがいるというのだから。

初めから、アールドの狙いはリュノアにしかなく、ダンテが敗北したことはアールドにとってはむしろ好都合であった。

これで、自分の目的が達成できる、と。

それなのに――アールドは圧倒的なリュノアの強さの前に、簡単に敗北してしまった。

作り上げた魔道具の大群と、それを操る技術など無意味だった。

その瞬間、アールドはある考えを実行する。自分の操る魔道具全てを爆破し、リュノアを含めてこの森を灰に帰す、と。

近くの町まで届くほどの大規模な火災になるかもしれない。

だが、それを起こしたのが『たった一人の冒険者が作った魔道具である』という事実はきっと広まる。

アールド・コインテンはこうして死ぬことで、この世界に永遠に名を残す存在になるのだ。

リュノアの無様な姿と、自身の消えぬ名声――その二つだけで、アールドの心は満たされた。

「素晴らしいね、彼は。ダンテを倒すどころか、君まで追い詰めてくれた。おかげで、ボクも無傷でここまで来られたよ」

「……？」

アールドは目を見開く。全てが光に包まれ、ここは跡形もなく消滅するはずだった。

なのに、まだ周囲には木々が生い茂り、魔道具は健在だ。

倒れ伏したアールドを見下ろすのは、一人の少女。

「な、何者だ、お前……」

「ボクはレティ・ルエル。君とは初めましてだけれど、実はボクも君が追っている対象の一人だよ。棺桶の中にいたはずの人間――それがボクってだけ。アイネともう一人、誰かいるのは分かっていただろう？　君は随分と手こずっていたから、最終的にボクまで意識を回せなかったようだね」

「何故、魔道具達が爆発しない……！　お前、何をした……!?」

アールドは身体を起こそうとするが、自由が効かない。見れば、地面に一本の槍が突き刺さっていた。

「使えない理由は簡単。ボクの『槍の力』で止めているからさ。ルリエが槍先を向けることで止められることは知っていたみたいだけど、ボクは地面に突き刺すだけでいいのさ」

「槍の力だと……？　アイネ・クロシンテといい、帝国が狙っている、お前達は一体……」

「あはは、これから死ぬ君が知る必要はないだろう？　まともに戦えば、まあボクが負けていただろうけれど、リュノアとアイネのおかげで、射程圏内まで君を捉えることができたわけだ。まあ、これを使うと、僕以外の人間は行動できなくなってしまうからね。リュノアやアイネまで動けなくして、それで遠くから魔道具で狙撃なんてされたら困るだろう？　確実に、君を止める必要があったんだよ。それだけ君を評価していたわけだ――喜んでいいよ？」

「……っ！」

アールドは怒りに満ちた表情で、必死に足掻《あが》く。こんな、突然姿を現した少女に、自分の望みを砕かれることになるなんて、あってはならないことだった。

「お前のような、小娘が……！　俺の邪魔を、するな……！」

「好きなだけ喚《わめ》くといい。君が失血死するまでのほんの少しの時間、ボクはただ待つだけだ。さようなら――アールド・コインテン。君は人知れず死に、その死は誰にも知られることはないのさ。いや、『おめでとう』と言うべきかな？　君は真っ当な人間として、死ぬことができるのだからね」

「お、おお、オオオオオオオオオオオオオッ！」

慟哭《どうこく》が響き渡る。

だが、それもほんのわずかな時間だけだ。

やがて、森は再び静寂を取り戻す。――アールドの最期に見せた表情は、絶望であった。

＊＊＊

目を覚ました瞬間、僕は身体を起こしてすぐに、彼女の名を叫んだ。

「アイネッ！」

隣には、眠りに就いた彼女の姿があり、ホッと胸を撫で下ろす。

見れば、僕とアイネの身体にはそれぞれ治療を施したように包帯が巻かれていた。

目の前には焚火があって、どうやら森からは抜け出したところのようだ。

「やあ、目が覚めたようだね」

「……君は――」

「ボクはレティ・ルエル。今日で三回も自己紹介してしまったよ。ああ、君達を助けたのはボクだ。礼には及ばないからね。おかげで、ルリエも助けられた」

「ルリエの棺桶の中にいた子だね。あの時は眠っていたようだけれど」

「まあ、普段はほとんど眠っているよ。こうして目を覚ますのも久々で、ボクはまたしばらくしたら眠りに就くことになる。君ももう気付いているかもしれないが、ボクはアイネと同じ――彼女は『色欲の魔剣』の所有者で、ボクは『怠惰の魔槍』の所有者だ」

「！　所有者、だって？」

「具体的な話は、アイネが起きてからしよう」

そう言って、レティは焚火に薪《まき》を追加する。

見れば彼女が座っているのは、彼女自身が眠っていた棺桶の上だ。

「ルリエさんはどこに？」

「――ここにいますよ」

声のする方向を見ると、槍を杖のようにして、身体を支えながら歩いてくるルリエの姿があった。

彼女も相当な深手を負っているようで、歩くのすらつらそうに見える。

「休んでおいた方がいいと言ったのだけれど、見回りをすると聞かなくてね」

「警戒をするに越したことはないでしょう。敵を倒したとはいえ、他に追手がいないとも限らないですから」

そうは言いながらも、ルリエは限界だったのか、その場に膝を突くようにして座り込む。

僕は彼女の方に向かい、身体を支えた。

「大丈夫か？」

「……お気遣いなく」

「ほら、君だってもう限界だ。リュノアも目を覚ましたことだし、ボクもいるんだから休んでなよ」

「……いえ、まだリュノアさん達に話を――」

「必要なことは、ボクから話しておくよ。どうあれ、彼らの傷も決して浅いわけではないのだからね」

レティがそう言うと、ルリエはしばしの沈黙の後、納得したように頷《うなず》いた。

「……では、レティに任せるとしましょう。申し訳ありません、リュノアさん。わたくしはしばし、休息をいただきます」

ルリエはふらふらとリュノアの下を離れると、レティの傍にあった棺桶の中へと入っていく。――棺桶で休むのか、と思わず苦笑してしまった。

「ま、ご覧の通りさ。無傷なのはボクくらいのものでね」

レティは肩を竦《すく》めた。

少なくとも、レティから敵意は感じられず、実際に目を覚まして何事もなかった、ということは、彼女が助けてくれたのは事実なのだろう。

「アールドの自爆から、どうやって逃れたんだ？」

「ボクの『怠惰の魔槍』の力だよ。ルリエが使う場合は、『第一段階』である対象の動きを一人封じる程度の、まあ一対一であれば十分に強い能力。ボクが使えば、対象のあらゆる動きを制限する——魔道具の爆破も、言うなれば魔力によって操作しているわけだからね。それを全て『停止』させたまま、アールドを葬った。そういうことが、ボクにはできるんだ」

「第一段階、か。他にも能力があるような言い方だ」

「君と同じだよ。君の場合は、『超感覚』と言える能力が第一段階。アイネはさっき、その上の能力である『他者の感覚操作』まで可能にした。もっとも、痛覚に限ったものだったけどね」

アイネが所有者という意味——今の言葉だけでも、何となく理解できる。

以前に、ジグルデが言っていたことを思い出す。

——お前は、『魔剣の使い手』にはなれない。

ジグルデは、アイネと同じような人間に会ったことがあるのかもしれない。

「さて、せっかくだし、この先のことを話しておこうか。そもそも何故、ボクらが君達に接触したのか、という話なのだけれど」

「やはり、僕達が目的で近づいたのか？」

「うん、偶然ではないね。そもそも、アイネが奴隷として売りに出されたところからしても、偶然ではないんだけれど」

「……！　どういう、ことだ。まさか、そこに君達が関わっている、と？」

僕は思わず、殺気立つ。

レティは手で制止するような仕草を見せ、

「勘違いしないでもらいたい。アイネは帝国で『騎士殺し』の罪を着せられただろ？　それはボクらじゃない。むしろ、アイネをあそこから逃がすための苦肉の策だった――とでも言うべきかな？」

「……話が見えないが、君達がアイネを帝国から逃がしたと言うのか？」

「正確に言えば、ボクらの仲間だね。けれど代わりに――ボクらの仲間は囚われの身となってしまった。けれど、アイネの傍に君のような実力者がいたのは僥倖《ぎょうこう》だったと言うべきだろうね、『二代目剣聖』」

レティは何やら、含みのある言い方をする。敵ではないと思いたいが、彼女達はどういうつもりで僕達を追っていたのか。

「……何か目的があるんだろう？　僕達に何かさせたいのか？」

「ああ、その通りさ。これから――ボクらは帝国へ向かう。そこで『剣聖』とその娘を助け出したいんだ」

レティ達の協力者――それが『剣聖』とその娘だったのだ。

そして彼らは今、帝国に囚われていると言う。

僕はまだ眠るアイネの手を、強く握った。帝国の地を踏むなど、今の僕達にとっては最も危険な行為だ。

だから、レティの言葉に対して素直に頷けなかった。そんな僕の手を、アイネがそっと握り返す。

「！　アイネ、起きてたのか……」

「ん、少し前から。随分と、大事な話をしてたみたいね？」

アイネが身体を起こして、レティの方を見る。

「やあ、アイネ。君が目覚めたのだし、改めて話そうか。けれど、その前に――君の身体、特に大事はないかな？」

「……？　私なら平気だけど」

「ふむ、そうかい。あるいは気付いていないだけかもしれないが、話す限りでは特別変化もなさそうだし、安心したよ」

「……どういう意味？」

アイネが訝《いぶか》しむように、レティを見る。

レティの表情は、先ほどまでとは打って変わって神妙なものになった。

そして、静かに切り出す
「『色欲の魔剣』に関わることだけれどね、その首輪を含め——時間が経てば経つほど、君はだんだんと『君』ではなくなっていく」

「……え？」

レティから告げられたのは、そんな事実であった。

＊＊＊

『ラベイラ帝国』の宮殿にて、青年——アーク・ラベイラは目の前に並ぶ四人の騎士達に視線を送る。

彼らはアークに従うように、その場に膝を突いた。

アークはにやりと笑みを浮かべ、言う。

「先ほど、『知らせ』が入った。我が弟——シンが、この国で最強と称されている騎士、ダンテ・クレファーラを失った、と。間違いはないな？」

「はっ、すでに確認しております」

アークの問いかけに、一人の騎士が答える。

さらに、その隣の騎士が口を開いた。

「ご命令通り、シアン・マカレフは始末致しました。どのみち再起不能な騎士でしたが。これで、ジグルデ・アーネルド、ライゼル・ルーラーも含め四人の英雄騎士が死に、残るは我ら四人。我らはアーク様に付き従う身。あなたが望むように」

騎士の言葉を受け、アークは強く頷く。——彼らはアークが帝国から与えられた英雄騎士。弟のシンにも四人与えられていたが、その全てを失ったことになるのだ。

つまり、今のアークには己の身を守る騎士はいない、ということになる。

「父上は俺に問うた。『皇帝になるつもりはあるか？』、と。そして、戦力としては俺が上で、精神力ではアークが上回っている——そう、仰せになられた」

その時のことを思い出しながら、アークは唇を強く噛み締め、拳を突き出す。

「父上は自らの兄を殺し、皇帝の座を手にしたお方。俺はこの話を聞いた時、はっきり言って家族を殺す覚悟はなかった、と言える。権利だけ奪えばそれでいい、とな。だが、ようやく決意した——お前達、英雄と呼ばれる騎士を軽々と失うような弟に、この国を任せるような事態があってはならない！　俺は、弟であるシン・ラベイラを討つッ！」

はっきりと、四人の騎士の前で宣言した。

「はっ」

騎士達はアークの言葉に従うように、頭《こうべ》を垂れる。

遂に、この時がやってきた。父であるボロルドの言う、『皇帝』としての資質を見せつける時が。戦力の全てを失ったシンに対し、アークの戦力は完全だ。

そして、弟を殺すという覚悟を決めたアークの精神力は、紛れもなくシンを超えていると、確信している。

——この日、アーク・ラベイラは挙兵した。自らが皇帝の座に相応しいということを示すために。

エピローグ

数百年以上前――この世界には、『魔族』と呼ばれる者達がいた。

彼らは人間に近い見た目をしているが、その力は人の比にはならず、圧倒的な強さを誇っていた。

おそらく、そのまま繁栄していれば、今頃は魔族が世界を支配していたとしてもおかしくはなかったほどに、だ。

だが、彼らは歴史からも姿を消し、もはや伝承としてもわずかにしか残されていない。

どうしてそうなったのか、知る者もいない――はずだった。

「ボクは魔族が作り出した魔法、『転生法』によって記憶を受け継いでいる。その触媒となるのがこの棺桶で、アイネの首輪もこれと同じなのさ」

レティから告げられたのは、そんな事実であった。

『性属の首輪』自体は元々この世に存在しているが、本来は発情のタイミングを所有者が管理することができる道具で、アイネが着けているもののようにランダムなタイミングで発情させるものではないらしい。

この首輪にもまた、魔族が『転生法』を使って魂を封じ込め、自らの魂に適性を持つ『転生体』となる者を探している、という話だ。

レティとアイネはそれぞれが適性を持つ転生体——すなわち器になれる存在であり、魔族の『転生法』は肉体の中にある人間の魂と触媒の中の魔族の魂を融合させ、新しく一人の『人間』として生まれ変わる。

つまり、人間の記憶を維持するし、魔族だった頃の記憶も受け継ぐのだ。

アイネが過去に見せた別人のような状態はいわゆる片鱗の一つであり、おそらくは魂の融合が少しずつ始まっている、と推測できた。

——それは、『色欲の魔剣』を使えば使うだけ早く進行するし、止める手立てもないと、レティは言っていた。

アイネに異常なことが起こっているのは分かっていたのに、僕はただ帝国から逃げ続けることを優先して、首輪のことは後回しにしていたのだ。……自分が自分でなくなるかもしれない、という話を聞かされたアイネは、どんな気持ちなのだろう。

「しばらく一人にしてほしい」というアイネの意思を受けて、僕も一人——静かに暗くなった空を見上げた。

結論から言えば、レティにも首輪を外す方法は分からない、という。

それぞれの魔族が作り出した『転生法』の触媒となる物は、魂を封じているだけあって頑丈で、簡単に壊せるような代物にはなっていないとのことだ。

ただし、同じ魔族であるからこそ、その構造を解読することはできるかもしれない、と言う。

その見返りとして協力を求めているわけではない、とのことだが、どうあれ首輪がある限り、帝国側はひたすらアイネのことを追い続けるだろう。

彼らは、同じ『魔族』の力を欲しているのだ。

「……空、綺麗ね」

不意に声をかけてきたのは、アイネだった。

もう大丈夫なのか、その表情には迷いがない。

「アイネ」

「ねえ、怪我は大丈夫なの？」

「あ、ああ。この程度、何ともないさ」

「この程度って、普通なら何日も入院するくらいの怪我でしょ。ここ、火傷《やけど》までして

……」

アイネはそう言いながら、僕の隣に座り込む。

そして、一緒に空を見上げた。

「こうやって、落ち着いて夜空を見ることも、そう言えばしてこなかったわね」

「まあ、色々と忙しかったからね」

「昔は並んでよく見たわよね」

「……修行でくたくたになった後、立てなかっただけな気がするけど」

「あはは、そうね」

それからしばらく、僕とアイネは静かに時間を過ごした。

やがて、僕の方から話を切り出す。

「アイネ、僕は正直言って悩んでる。今、帝国の地に行くことは、危険だ」

「……私もそう思ってた。それこそ、リュノアに迷惑掛けられないもの」

「僕は、平気だよ」

「いつも、そう言うじゃない。平気だって言うけど、やっぱり、私だってあんたに危険な目に遭ってほしくはない……そう思ってた」

「それは――」

「でも、それは私の傲《おご》りだったのよね」

僕の言葉を遮って、アイネは続ける。

「私、リュノアに守られてばかりなのは嫌だった。私だってリュノアのために戦いたいって。でも、今回も結局はあんたに助けられてたの」

「……今回は、僕一人ではどうにもならなかったよ」

「それでも、私を助けてくれたのはあんたよ。でも、このまま逃げても――いずれ私は、私じゃなくなるかもしれない、んだよね」

「っ！　そんなことは、ない。必ず、どうにかなるはずだ」

気休め程度の言葉しか、僕はアイネにかけられない。

だが、そんな僕に向かって彼女は笑顔を見せた。

「リュノアのこと、信じてるわ。だから、今できることをしたいって思うの」

「……今できること？」

「経緯はどうあれ、レティは私達を助けてくれたじゃない？　まあ、敵を連れてきたのも彼女達かもしれないけど、そもそも私も狙われてたわけで。仮にルリエとレティがいなかったら、今頃どうなってたかも分からない。その前に、私がここにいられる理由だって、彼女達の仲間のおかげだって言うならなおさらよ」

「借りを返すってわけか」

「そういうこと。それに、いつまでも逃げ続けるのは性に合わないのよね。私を嵌《は》めた奴らも関わってるなら、一泡吹かせてやりたいわ」

パシッと拳を合わせて、アイネは言う。……昔の彼女に戻ったみたいだ。

アイネは元々、こういう勝ち気な子だった。

僕は立ち上がって、彼女をそっと抱き寄せる。

「ちょ、な、何よ？」

「君の言いたいことは分かった。帝国に行こう――そこで首輪を外す方法が分かるかもしれないしね」

「……これは後回しでいいわよ。だんだんと私じゃなくなる、みたいな話もあったけど、むしろこの力を私の物にしてやろうって考えてるくらいだし」

「君は強いな」

「強いのはあんたでしょ」

「……心持ちの話さ。いつだって、君は強かった」

「……強く、ないわよ。今も、本当なら嫌なはずなのに、不思議と怖くないの。たぶん、魔族の魂が混じり始めてるからかも。ねえ、もしも私が私じゃなくなったら……リュノアは、どうするの？」

「そんなことはさせない」

「……もしもの話よ？」

「もしも、もない。君が君でなくなるというのなら、君を取り戻すまで僕は絶対に諦めない。だから、答えは一つだ。僕は必ず君を助ける」

今度は、はっきりと言うことができた。弱気になるのは、今日で最後だ。

アイネは僕の身体をそっと抱き寄せ、

「言ったでしょ、信じてるって」

そうして、何か答えるでもなくキスをかわす。

——僕達はこれから、『ラベイラ帝国』へ向かう。きっと今までで、一番危険な旅になるだろう。

それでも、僕はアイネを守る。相手が帝国だろうと、魔族だろうと、だ。

書き下ろしSS　ルリエとレティ

「……ふぅ」

ルリエは露天の温泉に浸かりながら、大きく息を吐く。長旅の疲れを癒してくれる、ちょうどいい湯加減だった。

リディン町に到着してすぐに手近な宿を取り、まずは身体を休めることにした。

ここに来るまで、ルリエはほとんど休むことなく移動をしている。もっとも、すぐに動ける程度の体力は残してあるが。

「せっかく来たのであれば、入っておくべきですね」

ルリエの目的は温泉ではない。先ほど出会った青年――リュノアと、首輪を付けた少女、アイネの二人に用があった。

出会ってすぐに用件を話してもよかったのだが、彼らは明らかに警戒していた。

下手にルリエの『正体』について語ってしまえば、そのまま敵対する可能性だってある。

それは、ルリエにとって望ましいことではない。

（一先《ひとま》ず、目標は無事でしたし）

ゆっくりとしているほど余裕があるわけではないが、急いで失敗しては意味がない。

ルリエはあくまで冷静に、状況を見定めていた。

「……せっかく温泉に入るなら、一人より二人の方がよいのですが」

ポツリと、空を見上げながら呟く。今、ルリエの連れている『もう一人』は眠っている状態だ。彼女が目を覚ます周期は一定ではなく、はっきり言って気まぐれだ。

一週間ほど目を覚まさないこともあれば、普通の人のように朝に起きて、夜までずっと寝ないでいることもある。

今回はすでに三日以上は目を覚ましていないし、前回起きていた時間も普段に比べて少なかった。

「……んっ」

ルリエは湯に浮かぶ自らの胸に、優しく手を触れる。聖職者であるが、性行為と縁遠い生活を送っているわけではない。

『自らを慰める』と書いて自慰、とはよく言ったもので、今のルリエにとってはピッタリの状況だ。だが、

「ここは女湯ですよ。覗くのであれば、せめて気付かれないようにしては？」

気配に気付いて、ルリエは立ち上がる。

言葉に応じて現れたのは、六人の人影であった。

「ほう？　我らに気付くとは。只者ではないと聞いてはいたが」

聞こえてきたのは男の声。ルリエから少し離れたところに降り立った男だ。

岩陰や木の上など、すでにルリエまであと一歩の距離のところに立っている者までいる。

実際、直前まではルリエも彼らの気配には気付いていなかった。

漆黒のローブに身を包み、顔は真っ白な仮面で隠れていて、その顔を確認することはできない。

ただ、こんな温泉地までルリエを追ってくる者など限られてくる。

「『ラベイラ帝国』の方と認識しておりますが、合っておりますか？」

「聞かずとも分かろう。我らは帝国の影。どこへ逃げ果《おお》せようと、我らから逃れることは叶わぬ」

「――ふふっ」

ルリエは男の言葉を聞いて、おかしそうに笑った。

「何を笑う？」

「いえ、『逃れる』などと……わたくしが、貴方達から逃げるだけなら、初めからちょっかいなど出さないでしょう？　それに、『帝国の影』などと名乗りながら、随分と目立っていらっしゃるので」

格好や言動から察するに、彼らは帝国における密偵や諜報といった任務を主としているのだろう。

ルリエに気付かれず接近する能力など、評価すべき点はあるが、彼らの役割はおそらくルリエの監視であり、直接的に相対する必要はなかったはずだ。

ルリエが温泉でくつろいでいる姿を見て、今なら『いける』と踏んだ可能性は高い。

「この状況で口の減らぬ女だ。だが、今の貴様に武器はない。我ら六人に勝てる道理があるとでも？」

「なるほど、だから姿を見せても問題ない、と。わたくしも随分と、舐められたものですね」

ルリエは呆れたように溜め息を吐く。武器が何もなければ、どうやらルリエは無力だと思われているらしい。

「そろそろいいか？　こっちは待ちくたびれてんだよ」

先ほど話していたのとは別の男――ローブを着ていても、大柄なのが分かる。

大男はルリエに対して拳《こぶし》を向け、構えを取った。

「拳ですか。せっかくこちらは武器がないというのに」

「武器がなくてもやれるのがいいところだろ？　俺の力は武器なんかに頼るよりよっぽどいいんでなッ」

ルリエに向かって、大男が駆け出した。

他の五人は動きを見せていない。ルリエがどう出るか、様子を見るつもりのようだ。

両手を広げ、ルリエを捕らえようとするが、

「――様子見などせず、初めから全員で掛かってくればよいものを」

「……はへ？」

大男は間の抜けた声を漏らす。

ルリエは大男の動きに合わせて跳躍《ちょうやく》し、そのまま彼の首を足で締め上げて、骨を折ったのだ。

ふらふらと大男は二、三歩ほど歩いたところで脱力し、その場に倒れ伏す。

「もう少し首も鍛えていればよかったですね。わたくしの知る男の中には、この手の『技』が効かない者もいますし」

「……！　全員、構えろ」

男の指示を受けて、残りの四人もまた、それぞれ武器を取り出した。

やはり、先ほどまで話していた男がリーダー格なのだろう。一本の短刀《たんとう》を取り出し、低く構えている。

二人は同じく短刀を持ち、一人は曲刀。それに鎖鎌《くさりがま》を構える者もいた。

ルリエを取り囲むように、五人が動き出す。

パシャリと温泉の湯が跳ねると共に、ルリエの方から動き出した。

「っ！」

狙ったのは、鎖鎌を持つ者。遠距離武器だからか、あえて湯に足を入れたために、わずかに動きが鈍くなっている。

何より、鎖のある武器はルリエの動きを止める役割を果たす。

最初に潰すなら、残しておくと面倒になる相手からだ。

当然、それを守るように他の者も動き出す。

曲刀を持った者が、ルリエに向かって勢いよく振り下ろした。

「――ふっ」

小さく息を吐き出すと、ルリエは曲刀の刃を両の掌《てのひら》で挟み込み、止めた。仮面越しからも、動揺しているのが伝わってくる。

受け流すようにして、ルリエは勢いのままに膝蹴りを繰り出した。

仮面が割れ、鼻血を噴き出しながら白目を剥く男の顔が見える。

後ろから、鎖鎌を振った男がルリエに向かって投擲《とうてき》をした。

すぐに倒れそうになる男のローブを掴み上げると、飛んでくる鎖鎌に対する『盾』として利用した。

男の背中に鎖鎌が刺さったのを確認し、ルリエは再び距離を詰める。

「う、お……！」

小さく、鎖鎌を持つ男の声が漏れた。

仲間を盾に使われ、攻撃を防がれたことで動揺したのか――その一瞬をルリエが見逃すはずはなく、勢いよく顔面に向かって蹴りを繰り出す。

首がおかしな方角へと曲がり、鎖鎌の男は大きくのけぞって倒れた。

「あと三人、ですね」

ルリエの死角から、すでに一人が近づいてきていた。短刀をしっかりと握り締め、ルリエの脇腹辺りを狙って突っ込んでくる。

「わたくしを殺すつもりですか？」

ちらりと横目でそれを確認し、ルリエはわずかに身体をのけぞらせて避ける。

そのまま腕を掴んで締め上げて、短刀を奪った。

「がぁ、ぐ……っ」

苦しむ声が耳に届く。腕を折られかけているのだから、当然だろう。――そんな男の首元に短刀を突き刺して、容赦なく命を奪い取った。

「残り二人、ですね」

リーダー格の男と、小柄な者が一人。おそらく女性だろうか、ルリエの傍まで来ていたが、目の前で首を刺されて死んだ仲間を見て、動きをピタリと止めた。

彼女には目を向けることなく、ルリエはリーダー格の男と対峙する。

「実質、一人というところですか」

「……まさか、これほどの腕を持っているとは」

「ふふっ、随分とわたくしのことを過小評価していたようですね？　別に、わたくし自身は特別強いと思ってはおりません。ですが、わたくしは戦いを専門とする身――武器がないから戦えないなどということはありませんよ？」

「然《しか》り。これは我の油断が招いたこと。なれば――」

男は構えを解いて、その場から跳躍した。

ルリエとの距離を取り、何かを仕掛ける様子はない。どうやら、逃げるつもりのようだ。

「勝てないと判断すれば逃げる……間違ってはいませんが、わたくしに手を出した時点で間違いでしたね」

ルリエは追いかけようとするが、『もう一人』の気配に気付いて動きを止めた。

「やれやれ――目を覚ましてみたら、刺客に襲われているとはね」

「ッ！」

逃げようとした男の身体が脱力し、地面を滑るようにして転がっていく。姿を現したのは、ルリエと共に行動をする少女――レティであった。

手に持っているのは『怠惰の魔槍』であり、男の方に槍先を向けて、動きを止めている。

「ようやくお目覚めですか」

「ははっ、君が裸で跳び出そうとするところを止められてよかったよ。けれど、まだ眠気が強いから、温泉に入ったらまた眠りにつくと思うね」

「そうですか。では、早く片付けてしまいましょうか」

ルリエはそう言うと、足早に男の方へと近づいていき、手に持った短刀を突き立てる。

一瞬、ビクリと男の身体が大きく跳ねたが、やがてすぐに脱力した。

「帝国の影だの大層なことを抜かしていましたが、所詮は隠れて監視する役目の者達ですね。素直に役目を全うしてれば、死なずに済んだかもしれませんが」

ちらりと、ルリエは残った一人に視線を送る。

「……ひっ」

仲間が五人殺され、すっかり戦意を喪失したのか。あるいは恐怖によるものか、腰を抜かして失禁をしている。

そんな彼女の前へ、ルリエとレティは立つ。

「さて、残るは貴女一人ですが……」

「あ、ま、待ってください……！　い、命だけは……っ」

「どう思いますか、レティ」

「ふむ。この怯えようから察するに、戦闘経験はあまりなさそうだね。気配を消すことには長《た》けているようだけれど、それだけだ」

先ほど戦った五人の男達は、いずれも腕に自信はあるようだったが、彼女は違うようだ。

「数合わせの人員、というところでしょうか」

「そうだねぇ、そんなところだろうねぇ――で、どうしようか？」

レティが女性の前に座り込む。

女性はすっかり怯えた様子で、震えながらレティを見ていた。

「とりあえず、その仮面は外してくれるかな？」

「わ、分かり、ました」

　レティの言葉に従って、女性は仮面を外し、ローブのフードも取る。怯えた表情を見せる彼女は随分と若く、可愛らしく見えた。

「君、名前は？」

「え、フィル、です……」

「フィルね。素直でよろしい。ところで君の他に仲間はいるかな？」

「ほ、他にはいません。私の部隊はルリエ・ハーヴェルトを監視するのが目的なので」

　少女――フィルはレティの問いかけに全て答えていた。

　これが演技だとすれば大した役者だが、おそらくないだろう。

　フィルのような少女を、ルリエは何度か見たことがある。この感じは、生き延びるためなら何でもする。

「週に何回くらいするの？」

「い、一回、くらい……んっ」

「本当に一回なのかな。嘘を吐くとためにならないよ」

「ぁ、んっ！　ほ、本当は、三――よ、四……？」

「結構しているね。隠れながらするのがやっぱり得意なのかい？」

「そ、それは――んあっ！　あ、あの、もう……っ」

「おっと、指は止めないようにしなよ。そうやっている時が本当のことを言いやすいんだからね」

　気付けば、レティによる尋問はフィルへ自慰行為を強制しながら行われていた。

　しかも、帝国に関する情報があまり引き出せないと分かるや否や、半分遊んでいるような状況だ。

　呆れたように、ルリエは大きく嘆息する。

「レティ、あまりお遊びが過ぎるのでは――」

「いいじゃないか。どのみち、この子はもう帝国には戻らないだろう？　教会で保護してやったらいいさ」

「……教会を何だと思っているのですか？」

「『弱き』を助ける場所だろう？　ボクは教会に所属していたわけではないが、ボク自身が『弱き者』だからね。それより、君は一度身体を洗ってきた方がいいよ。血で汚れているし。ああ、そこらにある死体は後でまとめて処理しておかないと。さすがに他のお客さんに悪いからね」

　そう言いながら、レティは再びフィルの方へと向き直り、尋問を始めた。

ルリエは肩を竦《すく》めながら、自らの身体に付着した血液を洗い流すため、その場を離れる。

せっかく目を覚ましたのなら、少しくらいは自分の相手をしてほしい——そんな風に考えるのは、やはり嫉妬なのだろうか。

「ああ、そうだ。せっかく起きたんだし、色々済んだらボクがまた眠りに就くまで、『しよう』じゃないか」

「！」

ルリエは少し驚いたように、レティの方を見る。まるで、自身の心の中を見透かされたようで、少し恥ずかしくなってしまった。

けれど、それはルリエの望んでいたことであり、わずかに視線を逸らしながら、小さく頷く。

「……ええ。そちらは、手短に済ませていただければ」

少しばかりの期待感を胸に、ルリエは血で汚れた身体を洗い流していく。

この後——レティが再び眠りに就くまで、二人は愛し合うのだった。

あとがき

大体五か月ぶりでしょうか、笹塔五郎です。

もうすぐ作家としての活動期間が四年を超えるところでして、ありがたいことにまだ書かせてもらっております。

個人的に三巻と言えば水着巻、という心情で書いているのですが、今回は水着回ではないです。

温泉回、すなわち水着を通り越したガチガチの全裸回ですね。

そうは言いつつ、お話についてはえっちなことをしつつ、バトル展開となるのがこの作品の鉄板という感じですね。

基本的には主人公とヒロインのペアに焦点を当てているのですが、今回は次のお話にも繋がるキャラクターが出てきています。

ルリエとレティの二人ですが、二人とも女性でかつ愛し合っている仲です。

元々はレティが今の状態になる前から……というお話はまた追々、という感じですが、こちらもバディとして活躍するかもしれません。

そして、今回はまた帝国の英雄が一人登場して、また散っていきました。

しかも帝国側の最強キャラとして出しているので、これでリュノアにはもう帝国で敵になる相手がいませんね！　とはならないです。

次は帝国に向かうお話なので、盛り上げていきたいなぁ、と考えています。

作品のお話はこれくらいにして、私の近況のお話。

猫をもう一匹飼いまして、今は二匹の猫が一緒に暮らしております。猫によって全然性格違うなぁ、っていうレベルで違うんですよ。

片方はザ・猫という感じで、もう片方はとにかく甘える犬みたいな。どっちも可愛いのでヨシ！

私の話は短めに、この辺りで謝辞を。

二巻に引き続き、イラストを担当いただきました『菊田幸一』様。

作品の魅力を引き出してくださって本当に感謝しております。かっこよさもあり、えっちもありと素晴らしいです。ありがとうございます！

担当編集者のK様。某SNSの個人アカウント開設おめでとうございます！　祝い事なのか分かりませんが、編集さんがアカウントを作られるととりあえずフォローしたくなりますよね。

そしてもう一人、H様が新人編集者さんとして担当いただいております。えっちな作品の担当……ごくり。

お二方ともありがとうございます、引き続き宜しくお願い致します！

関係者様も含めまして、この作品に関わっていただきありがとうございます！

また、二巻に引き続いて三巻までお付き合いいただきました読者様、ありがとうございます！

また次巻でお会いできましたら、嬉しいです。

ファンレター、作品のご感想をお待ちしています!

【宛先】
〒104-0041
東京都中央区新富1-3-7　ヨドコウビル
株式会社マイクロマガジン社
GCN文庫編集部

笹塔五郎先生 係
菊田幸一先生 係

【アンケートのお願い】

右の二次元バーコードまたは
URL (https://micromagazine.co.jp/me/) を
ご利用の上、本書に関するアンケートにご協力ください。
■スマートフォンにも対応しています（一部対応していない機種もあります）。
■サイトへのアクセス、登録・メール送信の際の通信費はご負担ください。

GCN文庫

一緒《いっしょ》に剣《けん》の修行《しゅぎょう》をした幼馴染《おさななじみ》が奴隷《どれい》になっていたので、Sランク冒険者《ぼうけんしゃ》の僕《ぼく》は彼女《かのじょ》を買《か》って守《まも》ることにした③

2022年5月27日　初版発行

著者　笹塔五郎《ささとうごろう》
イラスト　菊田幸一《きくたこういち》

発行人　子安喜美子

装丁　森昌史
DTP／校閲　鷗来堂

印刷所　株式会社エデュプレス

発行　株式会社マイクロマガジン社
〒104-0041　東京都中央区新富1-3-7　ヨドコウビル
［販売部］TEL 03-3206-1641／FAX 03-3551-1208
［編集部］TEL 03-3551-9563／FAX 03-3297-0180
https://micromagazine.co.jp/

ISBN978-4-86716-290-3 C0193

クラスメイトの元アイドルが、
とにかく挙動不審なんです。
こりんさん
ill. kr木
GCN文庫

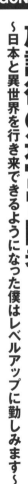